FIÈVRE NOIRE

Collection

Conçue et dirigée par
Yvon Brochu

D1353920

FIÈVRE NOIRE

Mary Blakeslee

Traduit de l'anglais par
Hélène Vachon

Données de catalogage avant publication (Canada)

Blakeslee, Mary

Fièvre noire

(Collection Alli-bi)
Traduction de: Rodeo rescue.
Pour les jeunes de 10 à 12 ans.

ISBN 2-7625-8151-6

I. Titre. II. Titre: Rodeo rescue. Français. III. Collection.

PS8553.L348R6314 1995   jC813'.54   C95-941224-7
PS9553.L348R6314 1995
PZ23.B42Fi 1995

Rodeo Rescue
Texte copyright © 1988 Mary Blakeslee
publié par Overlea House

Sous la direction de Yvon Brochu
R-D création enr.

Illustration couverture : Stéphane Jorisch
Réviseure-correctrice : Christine Deschênes

Version française
© Les éditions Héritage inc. 1996
Tous droits réservés

Dépôts légaux : 1er trimestre 1996
Bibliothèque nationale du Québec
Bibliothèque nationale du Canada

ISBN : 2-7625-8151-6
Imprimé au Canada

LES ÉDITIONS HÉRITAGE INC.
300, rue Arran, Saint-Lambert (Québec) J4R 1K5
(514) 875-0327

Cette traduction a été rendue possible grâce à une subvention du Conseil des Arts du Canada.

Les éditions Héritage inc. bénéficient du soutien financier du Conseil des Arts du Canada pour son programme de publication.

À Joan Marshall
avec amitié

Chapitre

1

De chaque côté de la rue, la foule formait une masse compacte qui bloquait complètement la vue. Tina fit un pas en avant et s'étira désespérément le cou pour essayer d'apercevoir le défilé qui approchait. La fanfare était passée, de même que la voiture transportant les officiels du Stampede. La reine accompagnée de ses deux princesses firent leur apparition à cheval. Tina, son frère jumeau, Ted, et leurs deux cousins, Hal et Audrey Jacobs, saluèrent leur arrivée par une ovation aussi chaleureuse que bruyante lorsqu'elles passèrent devant eux :

— Yahou ! Bravo Amy !

Amy était la sœur de Tina et de Ted. Elle les salua de la main en souriant et en leur envoyant des baisers. Tina lui retourna ses salutations en redoublant d'enthousiasme. La suite royale s'éloignait lentement. Tina la suivit des yeux et c'est à ce moment qu'elle aperçut, de l'autre côté de la rue, une femme immobile à côté d'un chariot d'épicerie rempli de cannettes. La femme était entièrement vêtue de noir et son regard était tourné vers la reine, qu'elle fixait d'un regard dur. Elle faisait peur à voir : une expression de colère mêlée de folie déformait ses traits. Sans bien savoir pourquoi, Tina frissonna en regardant la femme immobile qui ne lâchait pas des yeux le trio royal. Une fois qu'il fut hors de vue, la femme se fraya brusquement un chemin à travers la foule et disparut.

Tina se tourna vers Audrey et lui chuchota à l'oreille :

— Tu as vu la drôle de bonne femme avec le chariot ?

— Quelle bonne femme ? répondit Audrey évasivement. Oh ! Tu as vu Amy ? Elle était superbe, non ? Et Hélène ! On aurait dit un ange. Pas étonnant qu'ils l'aient choisie comme reine. Elle soupira. Un jour, ce sera à mon tour d'être élue reine.

— Ouais ! Et moi champion dresseur de chevaux, ajouta son frère Hal en remontant son appareil photo. Tu rêves en couleurs, ma vieille ! Pour devenir reine du Stampede, il faut savoir monter à cheval et tu es même pas capable de t'approcher à dix mètres d'un cheval sans mourir de peur !

— Hé! Regardez! Des poneys. Tu pourrais peut-être commencer par eux, suggéra Ted.

Audrey lui jeta un regard noir avant de lui tourner dédaigneusement le dos. Tina se joignit à l'hilarité générale sans parvenir à chasser de son esprit la femme en noir et son regard hostile.

Le défilé dura environ trois heures. Les enfants avaient tenu à rester jusqu'à la fin. Ils mirent ensuite le cap sur l'hôtel Palliser, où les parents des jumeaux leur avaient donné rendez-vous.

Grace et Georges Harper avaient invité leurs neveux de Toronto à l'occasion de l'Exposition et du Stampede qui se déroulaient annuellement à Calgary. Hal et Audrey ne connaissaient l'événement que par la télévision : ils n'avaient jamais assisté ni au défilé ni à la course de *chuckwagons*. Ils avaient donc sauté sur l'occasion et répondu avec enthousiasme à l'invitation qui leur était faite de passer dix jours à Calgary. Hal était du même âge que les jumeaux. Un garçon plutôt sympathique quand, par bonheur, il arrivait à surmonter son obsession pour la nourriture. D'un an plus jeune, Audrey aurait été plus à sa place dans un défilé de mode, avec son allure de femme adolescente, mais c'était une

chic fille au fond, tout le monde en conve-
nait.

— Et alors, ce défilé? s'enquit Georges
Harper, une fois qu'ils furent attablés au restaurant de l'hôtel.

— Super! s'écria Hal. Pas mal plus capti-
vant qu'à la télévision!

— Qu'est-ce que vous avez préféré? s'enquit à son tour Grace Harper, en considérant
tour à tour les quatre visages souriants.

— Les Indiens! s'écria Ted.

Hal n'était pas d'accord:

— Les voitures anciennes!

— Moi, c'est le char allégorique rempli de
jolies filles.

Audrey prononça ces mots d'un air rê-
veur. Elle se voyait déjà, amazone en tenue
d'apparat, paradant devant la foule.

— Moi, j'ai aimé absolument tout, déclara
Tina en souriant. Mais le souvenir de la
femme en noir figea tout à coup son sourire.
Maman, il y avait une drôle de bonne femme
au défilé; elle se promenait avec un chariot
rempli de cannettes vides. Qu'est-ce qu'elle
peut bien vouloir en faire?

— Les vendre, je suppose, répondit sa
mère. Il y a un tas de femmes qui font ça, et
des hommes aussi. Dès qu'une foule se ras-

semble quelque part, on les voit arriver pour ramasser tout ce qu'ils peuvent. C'est vraiment triste.

— Des clochardes, murmura monsieur Harper, comme on en trouve à New York. Cette femme-là a sans doute une petite fortune cachée quelque part, sous un vieux matelas sale, par exemple.

— Ce que tu dis là n'est pas très charitable, protesta madame Harper. Pour elle, c'est peut-être une question de survie. La récession a mis bien des gens dans la dèche. Pour survivre, ils sont prêts à faire n'importe quoi.

— Mmm... marmonna monsieur Harper en s'emparant du menu. Bon. Voyons voir ce qu'il y a au menu aujourd'hui.

La lecture du menu les absorba complètement et Tina oublia la femme en noir. Pour un temps, du moins.

Le repas terminé, Hal s'adossa à sa chaise et bâilla à s'en décrocher les mâchoires.

— Ouille! Je sais pas si c'est le repas ou les activités de la journée, mais j'ai sommeil, dit-il.

— Pas étonnant, fit sa tante en souriant. Vous êtes rentrés à une heure et demie ce matin et, à moins que je ne me trompe, vous n'avez pas fermé l'œil de toute la nuit. Vous devriez m'accompagner à la maison, les enfants, et faire une bonne sieste. Votre oncle doit retourner travailler, mais demain, une longue journée nous attend tous au Stampede.

— Moi, ça me va, dit Audrey. Et Amy, est-ce qu'on va la voir?

— Difficile à dire. Amy et les deux autres ne peuvent pas faire un pas sans leur duègne et doivent loger à l'hôtel. J'ai bien l'impression qu'on ne la verra pas beaucoup, sauf pendant ses moments libres.

— Super! Audrey débordait d'enthousiasme. Peut-être qu'Amy pourrait me donner quelques trucs pour devenir princesse... ou reine.

Ted regarda sa cousine d'un air dégoûté :

— Reine, mon œil!

Flairant la querelle, Tina se leva d'un bond :

— Bon! On y va! Je suis crevée.

Madame Harper se leva à son tour et tout le monde suivit. Monsieur Harper paya l'addition, après quoi ils se dirigèrent en silence vers l'ascenseur qui menait au stationnement.

***

— Comment se fait-il qu'Amy doive rester à l'hôtel, tante Grace?

Les quatre cousins étaient attablés devant un dernier repas.

— Je suppose que c'est plus simple pour les organisateurs si les trois filles sont ensemble, Audrey. Une assiette de poulet froid circula autour de la table. Elles sont debout dès six heures et sont de corvée jusqu'à minuit, à peu près. Et en plus, Hélène n'habite pas en ville. Elle habite assez loin, dans un ranch, près de Cochrane.

Un silence recueilli succéda aux paroles de madame Harper. Durant dix longues minutes, les enfants firent main basse sur toutes les victuailles qui se trouvaient sur la table. Audrey s'essuya la bouche et poussa un profond soupir.

— C'est tellement romantique, dit-elle, que le copain d'Hélène soit un cow-boy.

— Ce n'est pas un vrai cow-boy, rectifia sa tante. D'accord, il possède son propre ranch, près de chez Hélène. Mais il est d'abord et avant tout champion de rodéo. Il participe à tous les rodéos locaux, dès qu'il trouve le temps de se libérer. Avant la mort de son père et avant de s'occuper du ranch, il faisait ça à plein temps.

— Est-ce qu'il va participer aux compétitions du Stampede? s'enquit Tina.

— Il me semble avoir entendu Amy dire qu'il était inscrit au rodéo.

— Wow! s'écrièrent à l'unisson Hal et Ted.

— Penses-tu qu'on pourrait faire sa connaissance?

— Peut-être. Bon, à présent, les enfants, que diriez-vous de regarder la course de « chuckwagons » à la télévision? Ça commence, justement.

Les enfants s'installèrent devant la télévision au moment où on annonçait le premier départ. Le spectacle les captivait, mais ce n'était rien, se dirent-ils, en comparaison de ce qui les attendait le lendemain, quand ils se retrouveraient sur les lieux mêmes de la course.

Un vieux film western succéda à la course, puis de nouveau on présenta un reportage sur les faits saillants de la journée au Stampede.

— Comment s'appelle le copain d'Hélène, maman? cria Tina au moment où on parlait du rodéo.

— Nick Gilbert, répondit sa mère de la cuisine.

Ils redoublèrent d'attention, dans l'espoir d'apercevoir Nick, mais son nom ne fut pas prononcé.

— Ils ne prennent part qu'à deux compétitions sur huit, vous savez. Madame Harper était près de la porte et s'essuyait les mains. On pourrait bien ne pas voir Nick avant demain ou après-demain. Ils procèdent par tirage au sort pour déterminer les partants.

Le reportage prit fin. Audrey se leva et bâilla de fatigue.

— Vivement mon lit, dit-elle. Je manque de sommeil. J'étais tellement énervée cet après-midi que je n'ai pas réussi à fermer l'œil pendant la sieste. Et si je veux affronter la journée de demain... Ça va être tellement excitant!

Elle ne se doutait pas à quel point!

— Oh! Allez! Tina! Ted s'impatientait. Maman nous attend. Il est presque dix heures et demie, la journée achève. Laisse un peu la télé.

— Audrey est dans la salle de bains, rétorqua Tina sans quitter l'écran des yeux. Et puis, c'est de votre faute. On attend après vous deux et vous êtes là à vous goinfrer de crêpes. Euh... à présent, par contre, c'est plutôt la faute d'Hélène et d'Amy, ajouta Tina d'un air fautif. Regarde! On les voit.

Elle désignait l'écran où un homme, coiffé d'un chapeau de cow-boy et juché sur une estrade installée au beau milieu du centre commercial, s'entretenait avec les trois filles.

— Et alors? Ted haussait les sourcils. Je vois pas le rapport entre ça et le fait qu'Audrey monopolise la salle de bains.

Tina hocha la tête en réprimant un sourire :

— Très drôle ! Mais tu la connais. Dès qu'elle a vu Hélène, elle s'est précipitée dans la salle de bains pour copier sa coiffure. Pas de panique. On va la voir rappliquer dans moins d'une min... Elle s'interrompit tout net, les yeux braqués sur l'écran. Ted ! Regarde ! Encore cette bonne femme. La femme au chariot. Là, derrière l'estrade.

Ted s'approcha.

— La femme avec la longue robe noire ?

— Oui. C'est elle que j'ai vue hier. Elle surveillait Hélène pendant le défilé.

— Sapristi ! Elle n'a pas l'air très rassurante, si tu veux mon avis. Je n'aimerais pas la rencontrer la nuit dans un coin sombre.

— Elle a l'air aussi agressive qu'hier. Regarde comme elle fixe Hélène.

À ce moment précis, la caméra s'éloigna de l'estrade et balaya la foule rassemblée Place des Olympiques. Quand la caméra revint vers l'annonceur, les trois filles avaient disparu. La femme en noir également.

— J'aime pas ça du tout, Ted. Elle a l'air dangereuse.

— Qui a l'air dangereuse ?

Audrey venait de faire irruption dans la pièce et essayait tant bien que mal d'ajuster son chapeau sur ses cheveux soigneusement tressés. Sans attendre la réponse, elle vint se planter devant eux :

— Eh bien, qu'en pensez-vous ?

— De quoi donc ? demanda Ted.

— De ma nouvelle coiffure, voyons. En tous points semblable à celle d'Hélène, non ?

— On peut pas en dire autant du reste.

Ted gloussa et se recroquevilla en sentant les nouvelles bottes d'Audrey effleurer ses tibias.

— Oh ! Avez-vous fini vous deux ?

Tina éteignit la télévision et se dirigea vers le vestibule.

— Où est passé Hal ? demanda-t-elle en risquant un œil vers la cuisine. Pas encore en train de s'empiffrer, j'espère.

— Je ne pense pas. Il doit nous attendre dans la voiture. À moins qu'il soit encore en train de photographier les poubelles ou les gonds de la porte d'entrée. Franchement ! Depuis qu'il a eu le malheur de suivre ses cours de photographie, l'an dernier, on dirait qu'il se prend pour Mia et Klauss.

Tina sourit et entraîna Audrey à l'extérieur.

— On devrait pas rire. Quand Audrey va être couronnée Miss Canada, c'est peut-être Hal qui sera le photographe officiel.

Heureusement pour elle, Audrey ne vit pas le clin d'œil que Tina adressa à son frère.

***

— Arriver à se stationner à proximité du parc est un vrai tour de force, déclara madame Harper en longeant la 25e Avenue. Si vous n'y voyez pas d'inconvénient, les enfants, je vais vous déposer au terminus d'autobus et ramener la voiture au centre-ville. Je passerai prendre votre père à son bureau et on pourrait se rejoindre à midi, en face du centre Roundup.

Elle stoppa la voiture et les enfants se précipitèrent dehors. Elle tendit une enveloppe à Ted à travers la fenêtre.

— Voici les billets. Ils vous donnent accès au parc et au stade où doit se dérouler le rodéo. À midi, alors. Et amusez-vous bien !

Elle leur envoya la main et démarra aussitôt.

Les enfants se ruèrent vers les tourniquets, présentèrent leur billet et franchirent à toute vitesse le pont donnant accès au parc. Une jeune fille vêtue d'une jupe à franges très élaborée leur tendit une brochure, ainsi qu'une carte accompagnée du programme de la journée.

— C'est fou tout ce qu'il y a à voir, s'exclama Audrey en parcourant le programme. On commence par quoi?

— Le kiosque à bonbons là-bas, ça vous irait? suggéra Hal.

Audrey gloussa et Tina leva les yeux au ciel:

— Hal! On sort de table.

— Bon, bon! Oubliez ça. Mais je suis en pleine croissance, moi.

— En largeur, oui! marmonna Audrey.

— La course de cochons commence dans un quart d'heure, déclara Ted, en feignant d'ignorer ce qui se tramait autour de lui. Il faut pas rater ça. C'est sensationnel.

— Erk! Vous ne préférez pas plutôt qu'on se rende au Big Four Building pour voir les expositions?

C'était au tour d'Audrey de brouiller les cartes.

— Moi, c'est l'écurie qui m'intéresse, suggéra Tina à son tour.

Ils se contemplèrent tous les quatre en silence.

— Bon, finit par dire Ted. On a toute la semaine pour faire le tour. L'écurie, les expositions, on peut les voir n'importe quand.

Mais pas les courses de cochons. Il y en a seulement quelques-unes par jour.

— C'est vrai, admit Tina. Va pour la course de cochons. Mais il faut se dépêcher si on veut pas la rater. C'est à l'autre bout du parc.

***

La course terminée — le spectacle des petits cochons courant autour de l'enceinte devant une foule hurlante et déchaînée les avait particulièrement réjouis —, ils passèrent le reste de l'avant-midi à flâner et à s'imprégner des sons et des odeurs de la fête. Il était près de midi quand Ted pensa à consulter sa montre :

— On est mieux de se grouiller. Le centre Roundup n'est pas loin mais, avec toute cette foule, ça risque d'être long pour s'y rendre.

Monsieur et madame Harper étaient déjà là.

— On peut manger ici, si ça vous tente, suggéra madame Harper. On se rendra au stade plus tard. Les compétitions commencent à 13 heures 30, mais on a réservé les billets, alors on a tout notre temps.

— Épatant ! Hal mit son appareil photo en bandoulière et se frotta les mains. Tous ces va-et-vient m'ont creusé l'appétit, moi !

— J'aurais cru que les trois barres de chocolat que tu as englouties juste après les deux cornets de crème glacée l'auraient calmé, ton appétit.

Tina lui sourit en passant la main sur sa chemise, à l'endroit où les boutons avaient sauté.

— Non, mais qu'est-ce que tu crois? Qu'un homme comme moi peut se satisfaire de n'importe quoi? J'ai besoin de viande rouge, moi, si je veux rester en forme.

— Allez, allez! fit monsieur Harper. On est mieux de se trouver une place au plus vite si on ne veut pas que Hal tombe dans les pommes.

Hal approuva d'un très digne hochement de tête et toisa ses compagnons avec mépris, en songeant à la douloureuse incompréhension dont il était l'objet. Ils se frayèrent un chemin à travers les kiosques, vers l'arrière de l'édifice qui était réservé à la restauration.

— C'est possible qu'on voie Amy aujourd'hui? demanda Audrey d'un air faussement dégagé.

Leur plateau à la main, ils avaient réussi à trouver une place à l'une des tables.

— En principe oui, répondit son oncle. Les filles sont censées inaugurer le rodéo au cours d'une cérémonie.

— Non, je voulais dire la voir pour lui parler, précisa Audrey.

Son désappointement était visible. Monsieur Harper considéra un instant sa nièce, les yeux pétillants de malice.

— En principe, je voulais vous faire une surprise, mais puisque c'est comme ça : Amy sera des nôtres ce soir, pour dîner. Les filles ont deux heures de libres avant les activités de la soirée.

— Chouette ! C'est fantastique ! s'écria Ted. Attends de voir Amy, Hal. Tu la reconnaîtras pas. Elle a drôlement changé depuis ton dernier passage chez nous.

— Ça oui, approuva sa sœur. Elle est vraiment fantastique.

Hal contempla un moment son assiette encore pleine de nourriture, puis sa chemise aux boutonnières vides. Il repoussa son assiette.

— J'ai plus très faim, tout compte fait.

Il n'y eut pas le moindre commentaire, mais tout le monde courba la tête sur son assiette pour s'empêcher de rire. Deux minutes plus tard, Hal étendit le bras et ramena l'assiette vers lui.

— À bien y penser, les filles préfèrent généralement les garçons un peu enveloppés.

***

Comme prévu, Hélène, Amy et l'autre princesse ouvrirent la procession qui précédait les épreuves de l'après-midi. Les quatre cousins hurlaient de contentement et leur envoyaient la main à qui mieux mieux. Leur enthousiasme gagna bientôt monsieur et madame Harper qui se mirent à crier et à gesticuler à leur tour comme deux gamins. Puis ce fut au tour de l'annonceur et du clown qui firent leur numéro et divertirent le public en attendant que les officiels annoncent le début des deux premières épreuves, le rodéo à dos de bison et la traite des vaches sauvages. L'attention était sollicitée de partout. Personne ne songea à consulter le programme avant l'intermède qui précédait l'épreuve de dressage de broncos à cru.

Le clown et l'annonceur étaient de retour, avec leurs habituelles facéties.

— Hé ! Regardez ! s'écria Audrey tout à coup. Le nom de Nick Gilbert est écrit ici. Pour l'épreuve sur selle. Elle montra l'endroit à Tina. Tiens ! C'est lui, le numéro 2.

— C'est censé être l'épreuve la plus spectaculaire et la plus difficile, déclara Hal. Il faut être exceptionnellement doué pour gagner.

— Il faut être exceptionnellement doué pour gagner n'importe laquelle de ces épreuves, Hal, corrigea son oncle. Le Stampede de Calgary est très célèbre, tu sais. Les participants viennent de tous les coins des États-Unis et du Canada pour se faire un nom ici.

— Mais l'épreuve sur selle est encore plus difficile, insista Hal. À cause des poneys sauvages, paraît-il.

Elle l'était, en effet. Nick dut déployer des trésors d'adresse et d'équilibre pour arriver à se qualifier. Il termina l'épreuve avec 79 points, une avance de deux points sur le deuxième favori.

— Ça ne veut pas dire grand-chose, fit remarquer monsieur Harper. Nick devra compétitionner une seconde fois durant la semaine et se classer parmi les quatorze meilleurs s'il veut participer aux semi-finales de samedi. S'il se classe parmi les cinq meilleurs, il doit encore se mesurer aux cinq meilleurs de la série des Pro, dimanche prochain. Les quatre meilleurs se rendent alors aux finales, dont le grand prix est de 50 000 $.

À la fin de l'après-midi, les quatre enfants étaient littéralement aphones à force d'avoir crié. Les épreuves s'étaient succédé les unes les autres — course au lasso, course en tonneaux, etc. — et chaque fois, l'enthousiasme des enfants s'était traduit par des hurlements à percer les tympans. À la fin de la dernière épreuve, ils se retrouvèrent à l'entrée principale pour y attendre Amy.

— J'ai bien peur de ne pas pouvoir avaler quoi que ce soit, tante Grace, se plaignit Audrey. C'est simple, je suis survoltée.

— Pas grave, Audrey, la rassura son frère. Je partage avec toi, si tu veux.

À ce moment précis, Amy fit son apparition et se dirigea vers le petit groupe. Hal ouvrit de grands yeux et instinctivement se rentra le ventre.

— Peut-être pas, après tout, soupira-t-il.

Chapitre

3

— Il est arrivé un malheur, s'écria Amy en arrivant près d'eux, tout essoufflée. On était en train de visiter la clinique *Doux Repos*, pour les gens de l'âge d'or, quand on a appelé Hélène au téléphone. C'était quelqu'un du Stampede : Nick s'est blessé pendant le rodéo et on l'a emmené à l'hôpital. Comme on était à deux pas, elle s'est précipitée à l'hôpital sans prévenir personne. J'imagine qu'elle craignait que sa tante ne l'en empêche.

— Sa tante ?

— Oui, la sœur de son père. Elle vit avec eux depuis la mort de la mère d'Hélène. Hélène avait quatre ou cinq ans à cette époque. La tante a accompagné Hélène à Calgary, pour le Stampede.

Ted et Tina échangèrent un regard avant de se retourner vers leurs parents.

— Tu dis que Nick s'est blessé pendant la compétition ? demanda monsieur Harper.

— Je pense que oui. Mais Hélène n'a pas donné de détails. Elle m'a seulement dit que Nick avait eu un accident et elle a déguerpi par la porte arrière.

— C'est impossible ! s'écria Tina. On y était, nous, à la compétition, et Nick n'a pas eu d'accident. Au contraire, c'est lui qui a obtenu la meilleure note, bon sang !

— Tu es sûre ? Amy avait l'air perdue. C'est peut-être pas Nick que vous avez vu.

— Impossible, rétorqua Ted. Regarde là ! Il ouvrit le programme et le montra à Amy. Regarde. Le deuxième nom en partant du haut : Nick Gilbert, Cochrane, Alberta. Et j'ai même inscrit sa note en bas de la page 79.

— Je comprends plus rien, alors. Amy contemplait toujours le programme. Si c'est pas lui qui a été blessé, pourquoi est-ce qu'on aurait alerté Hélène alors ?

— Un mauvais farceur, sans doute, avec un sens de l'humour un peu particulier, fit remarquer Hal en hochant la tête en signe de désapprobation.

— Sans doute, approuva Ted. Il y a plein de gens bizarres ici, en ce moment.

— Un peu cruelle comme plaisanterie, fit

remarquer madame Harper. C'est déjà assez d'être reine du Stampede sans avoir à supporter en plus les stupides plaisanteries d'un déséquilibré.

— J'aimerais être vraiment sûre qu'elle va bien, dit Amy, soudain inquiète. Mais je n'ai pas la moindre idée de l'endroit où elle se trouve à présent. Je ne sais pas où la joindre. Ni elle ni personne d'autre, d'ailleurs. On avait quelques heures de libres, alors on est parties chacune de son côté. Je sais même pas où se trouve la duègne.

— Ne t'en fais pas. Je suis sûre qu'on va avoir de ses nouvelles ce soir au plus tard, quand on va la retrouver au stade, dit sa mère pour la rassurer. D'ici là, un bon repas nous attend. Allons-y! On a hâte de t'entendre nous raconter tes aventures des deux derniers jours.

— D'accord, fit Amy, toujours inquiète. Elle esquissa un pâle sourire. J'ai une faim de loup. J'ai été obligée de jeûner plusieurs jours pour arriver à enfiler ce fichu pantalon. Elle prit ses deux cousins par le bras. Quant à vous deux, je veux tout savoir de vous, absolument tout, depuis la dernière fois qu'on s'est vus, il y a trois ans. Vous avez dix minutes pour me faire un rapport complet.

Ils empruntèrent la 17e Avenue et

arrêtèrent leur choix sur un restaurant très à la mode. Ils firent tout le trajet sans interrompre leur bavardage. En sortant de la voiture, Tina agrippa son frère par le bras.

— Regarde! Encore elle! La femme qu'on a vue à la télé. Celle qui surveillait Hélène.

La femme venait dans leur direction, poussant devant elle son inséparable chariot. Cette fois, le contenu du chariot était dissimulé sous une grosse toile défraîchie.

— C'est bien elle, approuva Ted. Et la récolte a été bonne, on dirait. Il doit bien y avoir un million de cannettes là-dedans!

— Voyons, Ted. Je vois pas le rapport... Oh! laisse tomber! C'est elle. Regardez! dit-elle à ses parents en désignant la femme. Elle est... Zut! Elle a disparu. Elle était là il y a une seconde!

— Eh bien, oublie-la, chérie, fit sa mère. C'est sans doute une pauvre femme qui habite un taudis pas loin d'ici. Et dépêchons-nous. On n'a pas beaucoup de temps devant nous. Amy non plus.

— Dis-moi, Amy, demanda Audrey à la fin du repas, qu'est-ce que vous devez faire à part monter à cheval et parader devant le public au début des compétitions?

— Pas mal d'autres choses, répondit

Amy. Participer à des repas dans des centres commerciaux, par exemple, visiter des hôpitaux, des maisons de repos, des maisons de retraite, des clubs. On n'a pas une minute à nous.

— Wow! soupira Audrey. Ça doit être excitant. Comment on fait pour se faire élire princesse ou reine?

— C'est long et un peu compliqué. En ce qui me concerne, le plus difficile a été d'improviser un discours devant le jury. Après, ça allait tout seul. Le jury nous interroge pour connaître nos goûts, notre personnalité. Il y a aussi nos talents d'écuyère qui sont évalués, évidemment. Le jury retient dix finalistes qui doivent assister à deux grands dîners et essayer d'y faire bonne figure. Une seconde sélection se fait à ce moment-là. La dernière étape est celle du rodéo royal. C'est là que se fait la sélection finale des trois gagnantes.

— Un peu compliqué, en effet. Et les copains, dans tout ça? Tu as pas beaucoup de temps à leur consacrer, si je comprends bien.

— Tu comprends très bien. Mais moi, au moins, je peux voir la famille une ou deux fois durant le Stampede. C'est mieux qu'Hélène, qui n'a que Nick et sa tante. La pauvre!

— Comment ça? Son père ne vient pas la voir durant le Stampede?

— Jamais de la vie! Il était furieux quand il a su qu'Hélène participait au concours et il l'a été encore plus quand il a su qu'elle avait gagné. On dirait qu'il lui tient la bride serrée. Elle peut rien faire. Pas de sorties avec les amis, pas de randonnées à ski. Rien. C'est un miracle que Nick et elle aient réussi à faire connaissance.

— Pire qu'un ogre, on dirait, fit remarquer Tina en fronçant les sourcils. C'est quoi, son problème?

— D'après Hélène, la situation a commencé à se gâter après la mort de sa mère. Elle n'a aucun souvenir de sa mère. Elle a jamais vu de photo d'elle, son père les a toutes jetées.

La serveuse fit son apparition avec la carte des desserts et la conversation tourna autour des gâteaux. Hal était au supplice. Incapable de choisir entre le gâteau forêt-noire et la tarte au citron, il commanda les deux.

— Franchement, Hal, fit remarquer sa sœur, au train où tu vas, tu vas bientôt ressembler à un de ces cochons qu'on a vus courir aujourd'hui. En plus gros.

Hal lui jeta un regard mauvais et se tourna vers Amy pour voir sa réaction. Il repoussa la tarte.

— Allons donc! s'exclama Amy. Je t'aime

comme tu es, Hal. En plus, tu as pas fini de grandir. Tu as besoin d'un supplément de calories.

Hal enveloppa Amy d'un long regard, où se mêlaient l'adoration et la reconnaissance. Il attira la tarte vers lui.

— C'est bien ce que je pense, dit-il, la bouche pleine de meringue.

***

Amy devait être de retour à son hôtel à 18 heures 30 précises, pour avoir le temps de se changer avant les activités prévues dans la soirée. Le repas terminé, ils quittèrent le restaurant, déposèrent Amy à l'hôtel et se rendirent au parc.

Il restait encore du temps pour les jeux. Monsieur et madame Harper optèrent pour les autos tamponneuses, les enfants pour les montagnes russes. Grave erreur dans le cas de Hal. Sitôt la course terminée, il se précipita vers le premier bac à ordures qui se trouvait sur son chemin et soulagea son estomac des calories en trop.

Sa tante était inquiète.

— Tu veux rentrer à la maison, Hal?

— Non, pourquoi? Je vais très bien, à présent. J'ai même de la place pour un hot-dog.

Les enfants levèrent les yeux au ciel en réprimant un gémissement et madame Harper suggéra fort à propos de se mettre en branle pour le stade. Les courses de *chuckwagons* allaient commencer dans moins de cinq minutes. Les enfants Harper avaient assisté à la course plusieurs fois mais, pour leurs cousins, c'était une première.

Le Derby Rangeland comporte neuf épreuves en tout, toutes plus excitantes les unes que les autres et opposant chacune quatre équipes. Même le départ est en soi un événement. Au signal, les chariots s'élancent dans un nuage de poussière et, sous les applaudissements d'une foule déjà surchauffée, contournent les barils disposés çà et là sur le sol. Mais la tension est à son comble quand les chariots débouchent sur la piste et que les quatre conducteurs, flanqués chacun de quatre coéquipiers, lâchent à toute vitesse leurs quatre chevaux surexcités.

— Ils doivent être morts de fatigue, fit remarquer Audrey au moment où les derniers concurrents se mettaient en position de départ. Ils ne font pas ça tous les soirs, j'espère !

— Tous les soirs pendant neuf jours, répliqua son oncle. Les quatre équipes gagnantes participent aux finales et le prix est de 50 000 $. Alors, je te laisse imaginer le sérieux qu'ils y mettent.

Nouveau coup de feu, nouveau départ en trombe. Au moment où les coéquipiers rejoignaient leur formation respective, l'un des cow-boys tomba de son cheval. Le cheval continua seul et le cow-boy se mit à courir après lui devant la foule en délire.

Le cavalier finit par rattraper le fugitif, se remit en selle et rejoignit son équipe.

— L'escorte doit arriver à la ligne d'arrivée en même temps que le chariot, expliqua monsieur Harper. Sinon, l'équipe perd des points.

Les quatre formations venaient de franchir la dernière courbe et approchaient de la ligne d'arrivée. La foule se leva d'un bond. Deux attelages avaient pris la tête et avançaient côte à côte, museaux alignés, talonnés par les deux autres. Il ne restait que quelques mètres à franchir. La tension était à son comble. Trente-deux chevaux soufflant et suant, lancés à pleine vitesse dans un espace aussi confiné! Le spectacle était hallucinant!

Le commentateur annonça le classement, non encore officiel, de la dernière épreuve et le stade commença à se vider.

— On a quelques minutes avant les prochaines compétitions, dit madame Harper. Vous voulez quelque chose?

Hal avait été tellement occupé à prendre

des photos de la course qu'il en avait oublié d'avoir faim.

— Je prendrais bien un petit quelque chose, marmonna-t-il en retirant le film de son appareil photo.

— Il y a vraiment rien à ton épreuve, hein? fit Audrey.

— On vous attend ici, les enfants, déclara monsieur Harper. Mais revenez vite. Le spectacle commence dans quelques minutes: il ne faut surtout pas rater Amy et les deux autres.

Après avoir fait le plein de hot-dogs, de croustilles et de boissons gazeuses, les enfants regagnèrent leur place au moment où on entonnait le *Ô Canada*.

— Mesdames et messieurs, voici maintenant, pour vous accueillir avec tout l'honneur qui vous est dû, les deux élégantes princesses du Stampede, Amy Harper et Rhonda Lassiter.

Amy et Rhonda furent accueillies par un tonnerre d'applaudissements. Seuls les Harper et leurs cousins restaient assis, stupéfaits. Tina réagit la première:

— Où est passée Hélène? Il lui est arrivé quelque chose, j'en suis sûre.

Chapitre 4

— Vite ! ordonna monsieur Harper. Il faut parler à Amy tout de suite. Je veux savoir ce qui se passe !

Monsieur Harper se leva d'un bond et fit signe aux autres de le suivre. Les deux princesses s'étaient adressées à tour de rôle au public et se préparaient à quitter la scène pour céder la place aux premiers figurants. Amy et Rhonda se dirigeaient déjà vers la voiture quand les Harper les rejoignirent, à l'arrière du stade. Elles étaient accompagnées de leur duègne et de la tante d'Hélène.

— Amy, s'écria madame Harper. Qu'est-il arrivé à Hélène ?

— Oh, maman ! répondit Amy au bord des larmes. On est mortes d'inquiétude. Hélène est introuvable. Quand on a vu qu'elle n'était pas au rendez-vous à l'hôtel, on a téléphoné à l'hôpital et on nous a répondu qu'elle n'y était jamais allée. On l'a attendue aussi longtemps qu'on a pu.

Rhonda et la duègne se tenaient un peu à l'écart et s'efforçaient de réconforter la tante d'Hélène.

— Madame Gaynor est bouleversée, ajouta Amy en désignant la tante Charlotte. Elle dit que tout est de sa faute. Il faut qu'elle apprenne la nouvelle au père d'Hélène et elle est morte de peur. Je ne voudrais pas être à sa place.

Le groupe se dirigea lentement vers la sortie nord du parc.

— On a prévenu la police? s'enquit monsieur Harper.

— Madame Gaynor l'a fait, dès qu'elle s'est aperçue qu'Hélène avait disparu. Les organisateurs du Stampede sont très inquiets eux aussi, mais ils ne veulent pas ébruiter la nouvelle, pour éviter la panique. La police accepte de ne rien divulguer à la presse. Pour l'instant du moins, ajouta Amy.

— Et maintenant, qu'est-ce que tu fais? demanda sa mère.

— On doit retourner à l'hôtel. La police veut nous interroger. Mais je vois pas très bien ce qu'on pourrait leur apprendre.

— Je n'aime pas ça du tout, dit madame Harper. S'il y a un kidnappeur dans les environs, j'aimerais mieux te savoir à la maison, avec nous. Qui nous dit que tu ne seras pas la prochaine victime ?

— Oh, maman ! Exagère pas ! On n'est pas en danger, tout de même. On a un chaperon qui ne nous lâche pas d'une semelle et on peut pas mettre le nez dehors sans avoir un garde du corps sur les talons. Et si ça peut te rassurer, je te jure de rester bien tranquille et de ne pas sortir seule comme Hélène l'a fait.

Rhonda et madame Gaynor les attendaient en silence près de leur voiture. Amy fit les présentations.

— Je suis vraiment désolée, madame Gaynor, dit madame Harper en lui serrant la main.

— Merci, répondit madame Gaynor, visiblement touchée. Tout ça est tellement subit... Elle se remit à pleurer. Excusez-moi. Je n'ai pas l'habitude de me laisser aller de la sorte, mais quand je pense à cette pauvre Hélène et à son père... Il faut que je le prévienne...

— Maman, implora Amy, est-ce que madame Gaynor pourrait rester chez nous jusqu'à ce que l'affaire soit réglée ? Elle serait beaucoup mieux avec vous autres qu'avec nous, à l'hôtel.

— Avec plaisir, répondit madame Harper

avec empressement. Si cela lui convient, naturellement.

— C'est très gentil à vous, répondit madame Gaynor. Pour l'instant, je dois accompagner les filles pour l'interrogatoire, mais si je pouvais vous rejoindre un peu plus tard...

— Bien entendu. Je viendrai même vous chercher à l'hôtel. Amy, téléphone-nous dès que la police en aura terminé avec vous. On a tellement hâte d'en savoir plus.

— D'accord. Et merci beaucoup, maman. Madame Gaynor va être bien mieux avec vous, surtout quand elle aura téléphoné au père d'Hélène. Elle va avoir besoin de réconfort, c'est moi qui vous le dis.

***

— Désolée pour vous, les enfants. J'aurais tellement aimé que vous assistiez au spectacle. Mais on se reprendra un autre soir. Après tout, il vous reste encore une semaine.

Madame Harper préparait du chocolat chaud pendant que son mari était allé chercher madame Gaynor. Attablés dans la cuisine, les enfants attendaient leur retour en silence. La soirée était anormalement fraîche ; le mercure était descendu jusqu'à 15 °C et tout le monde se sentait un peu frileux.

— On a bien fait de partir, déclara Audrey. Il commençait à faire drôlement froid là-bas. Et puis, je vois pas comment on aurait pu profiter du spectacle en sachant que quelque chose était peut-être arrivé à Hélène.

Madame Harper versa lentement le chocolat dans les tasses.

— Ne t'inquiète pas, chérie. La police arrivera bien à percer tout ce mystère. Quant à la température, je vous parie ce que vous voudrez qu'on va crever de chaleur demain. Vous savez ce qu'on dit à propos de Calgary : si vous n'aimez pas le temps qu'il fait, patientez dix minutes ou changez de quartier et vous aurez ce que vous voudrez.

— S'il fait beau demain, demanda Hal, est-ce qu'on retournera au parc ?

— Je pense qu'on devrait se reposer un peu et oublier le Stampede. On pourrait peut-être passer la journée au lac des Pins, faire un pique-nique et se baigner. Si la température le permet, bien entendu.

— Bonne idée ! s'écria Hal. Et comme pique-nique, ce serait quoi ?

Un murmure de protestations s'éleva aussitôt autour de la table. La porte d'entrée s'ouvrit au même instant. Monsieur Harper entra, suivi de madame Gaynor, la mine sombre. Madame Harper accourut vers eux.

— Des nouvelles ?

— Pas vraiment, soupira madame Gaynor. La police fait le tour des maisons situées près de l'hôtel et de l'hôpital. Heureusement, il n'y en a pas beaucoup ! On interroge tout le monde. Mais jusqu'à présent, ils n'ont rien trouvé. Elle se laissa tomber sur une chaise et regarda autour d'elle. Bon, à présent, il faut que je prévienne mon frère. J'espérais tellement qu'on retrouve Hélène, pour ne pas avoir à lui apprendre qu'elle a été enlevée.

— Il s'agit donc d'un enlèvement ?

— C'est la seule explication logique.

— Si vous préférez être seule, il y a un téléphone au sous-sol, proposa monsieur Harper.

— Merci beaucoup, répondit madame Gaynor sans broncher. Un frisson parcourut ses épaules et elle se mordit les lèvres.

Les enfants se regardèrent, consternés. Madame Gaynor était terrifiée et son angoisse était palpable, même pour eux.

— Voulez-vous que je téléphone à votre place ? proposa monsieur Harper d'une voix très douce. Vous n'êtes pas en état de faire ce téléphone vous-même. Je suis sûr que votre frère comprendra ça.

— C'est gentil à vous, murmura madame Gaynor dans un pâle sourire, mais je préfère le faire moi-même. Elle se leva et parut se ressaisir. Mais si vous le permettez, je téléphonerai ici même.

Elle se dirigea vers le téléphone et composa le numéro. Quelques secondes plus tard, une voix bourrue, assez forte pour être entendue de tous, tonitrua à l'autre bout du fil.

— ALLÔ?

— C'est moi, Arthur. J'ai bien peur d'avoir de mauvaises nouvelles à t'apprendre.

— C'est toi, Charlotte? Parle plus fort, bon sang! Je t'entends pas.

Madame Gaynor s'éclaircit la voix et répéta :

— J'ai une mauvaise nouvelle à t'apprendre, Arthur. Elle hésita un moment avant de continuer. C'est à propos d'Hélène... Elle a disparu.

— Quoi? Hélène disparue? De quoi tu parles?

— On ne l'a pas vue depuis cet après-midi. Elle devait nous rejoindre à l'hôtel et faire partie du spectacle de ce soir, avec les autres filles qui...

Le reste de la phrase se perdit. Monsieur Gaynor hurlait à l'autre bout du fil.

— Elle est partie avec ce crétin de Nick Gilbert, c'est simple! Je t'avais prévenue, Charlotte. Tout ce qu'ils attendaient, c'est une occasion de déguerpir ensemble.

— Non, Arthur. Nick est toujours là et aussi inquiet que toi et moi, je t'assure...

Elle s'effondra et le téléphone lui échappa. Monsieur Harper s'en empara aussitôt.

— Monsieur Gaynor? Ici Georges Harper. Ma fille est une amie d'Hélène, l'une des deux princesses, en fait. Votre sœur restera chez nous le temps que toute cette histoire soit réglée. J'ai parlé aux policiers tout à l'heure. Ils semblent croire à un enlèvement et s'attendent à ce qu'on vous envoie une lettre anonyme réclamant une rançon, d'ici un jour ou deux. Ils suggèrent donc que vous restiez chez vous. Pour l'instant, il est inutile de venir à Calgary. Nous vous tiendrons au courant de tout, d'accord?

— Votre fille est l'une des deux princesses, hein? En tout cas, j'espère que vous avez plus de contrôle sur elle que j'en ai sur ma fille. Je l'avais prévenue que si elle donnait suite à ce stupide concours, il lui arriverait malheur. J'avais raison, non?

Monsieur Gaynor raccrocha brutalement le téléphone.

— Plutôt imprévisible, murmura madame Harper pour se donner une contenance.

Son mari, incrédule, contemplait le téléphone silencieux.

— Il n'a posé aucune question, murmura Ted à son tour. Comme s'il savait déjà tout ça.

— C'est un drôle de bonhomme, dit madame Gaynor. Quand il a appris qu'Hélène avait été choisie pour devenir reine du Stampede, il est devenu fou furieux. Il criait que tout ce qui l'intéressait, c'était de se pavaner devant les hommes. Ensuite, il n'a pas pu se retenir et il lui a crié en pleine face qu'elle était exactement comme sa mère. Je crois bien que c'est ça qui a donné à Hélène le courage d'aller jusqu'au bout.

— Sa mère ? Qu'est-ce qu'elle avait, sa mère ? demanda Hal.

— Elle était adorable, Hal. Elle avait de beaux yeux bleus et des cheveux très noirs, comme ceux d'Hélène. Je ne l'ai pas vraiment connue. Quand Arthur et elle se sont mariés, je travaillais dans un hôpital, en Floride. Quand elle est morte, Arthur m'a demandé de venir vivre chez eux pour prendre soin d'Hélène, jusqu'à ce qu'il trouve une solution. Cette solution, il ne l'a jamais trouvée, et je vis chez eux depuis tout ce temps.

— Il est riche? demanda Ted. Je veux dire, si quelqu'un a enlevé Hélène, c'est sûrement parce que son père est considéré comme un homme riche, s'empressa-t-il d'ajouter en voyant sa mère froncer les sourcils.

— Il est à l'aise, mais sûrement pas riche. Si on lui demande une rançon et si elle est le moindrement élevée, je me demande bien où il va trouver l'argent.

Ted et Tina échangèrent un regard. De plus en plus étrange!

5

Madame Harper avait vu juste: le lendemain, dimanche, il fit un temps superbe. À
10 heures, il faisait déjà 24 °C et on prévoyait
que la température s'élèverait jusqu'à 32 °C
dans l'après-midi. Hal et Tina aidèrent madame Harper à préparer le pique-nique,
pendant que les autres faisaient le plein d'es-
sence, de glaçons et de boissons gazeuses.
Amy téléphona vers 10 heures 30 pour leur
apprendre qu'elle n'avait rien à leur apprendre et, vers 11 heures, ils étaient en route
pour le lac des Pins.

Ils avaient bien essayé de convaincre madame Gaynor de les accompagner, mais elle
avait décliné l'invitation, prétextant qu'elle
voulait être sur place si on avait des nouvelles
d'Hélène. Madame Harper s'offrit pour rester
auprès d'elle, mais madame Gaynor ne
voulut rien entendre.

— Tout ira très bien, dit-elle. Le choc est

passé à présent et j'aimerais réfléchir un peu à toute cette histoire. Nick sera ici cet après-midi. On a un plan à mettre au point tous les deux, ajouta-t-elle en souriant.

***

— Je me demande bien ce que la pauvre femme peut faire que la police n'ait déjà fait, fit remarquer madame Harper.

— Elle croit peut-être que Nick possède certains indices, répondit monsieur Harper sans grande conviction. Et au moins, ça l'occupe.

— Moi, en tout cas, je ne peux pas blâmer Hélène de s'être enfuie, si c'est ce qu'elle a fait, dit pensivement Tina. Avec un père pareil ! Il doit l'attacher chaque soir à son lit avec des menottes !

— Oh, Tina ! dit sa mère en riant. Je connais ce genre de bonhomme : ça jappe, mais ça ne mord pas. Il est sûrement très inquiet pour sa fille et c'est sa façon de le montrer.

Tina n'était pas du tout convaincue, mais s'abstint de répondre et se joignit à ses cousins qui étaient en train de chercher un endroit où pique-niquer.

Ce fut, somme toute, une très belle journée. Hal en profita pour faire une série de photos de tout un chacun, dans les poses les moins flatteuses, évidemment.

— Pour ma collection de malfrats, précisait-il le plus sérieusement du monde. Tout compte fait, je pense me spécialiser dans le portrait, c'est pas mal plus intéressant que le paysage.

— Le paysage? Ah! Tu veux dire que tu vas renoncer à photographier des poignées de porte ou des essuie-tout? s'esclaffa Tina.

Hal ne lui adressa même pas un regard et murmura pour lui-même:

— Rira bien qui rira le dernier. Quand je ferai la page couverture de *Life*, c'est vous autres qui allez rire jaune.

Quand ils revinrent à la maison, il était 20 heures passées. Nick Gilbert et madame Gaynor causaient sur la terrasse.

— Super! s'exclama Hal, quand on lui eut présenté Nick. Vous voulez bien que je prenne une photo de vous? Un champion de rodéo! Vous voulez bien?

Pendant un bref instant, Nick parut se détendre et répondit avec le même enthousiasme:

— Bien sûr. Pourquoi pas?

— Youpi!

Hal se précipita dans la maison pour chercher un film.

— Du nouveau ? demanda madame Harper en prenant place à côté de madame Gaynor.

— Non, rien. Je viens de passer un coup de fil à Arthur, il n'a rien lui non plus.

— J'ai parlé aux policiers au début de l'après-midi, dit Nick. Ils pensent que ça ne devrait plus tarder maintenant et que les kidnappeurs devraient se manifester bientôt. Selon eux, la meilleure chose à faire pour l'instant, c'est d'attendre près du téléphone. Mais, bon sang ! C'est dur ! Quand je pense à Hélène... elle doit être morte de peur. Il prit sa tête dans ses mains. Et moi, je suis là, confortablement assis à ne rien faire...

— Arthur voulait venir à tout prix, soupira madame Gaynor, mais j'ai réussi à l'en dissuader. Je lui ai dit qu'il fallait absolument que les kidnappeurs puissent le contacter. Il a dit qu'il attendrait jusqu'à demain soir. S'il n'a pas de nouvelles d'ici là, il s'amène et prend les choses en main.

— Ce serait complet, maugréa Nick. Il est bien capable de tout faire rater.

Hal survint sur ces entrefaites :

— Tout le monde en place, cria-t-il. Je veux prendre une photo de groupe.

Photos de groupe, photos de Nick seul ou avec d'autres, Hal était infatigable. Il finit par tendre l'appareil à Ted :

— Prends-en une de Nick et de moi ensemble, d'accord ?

Ted s'exécuta de bonne grâce.

— Sapristi ! La tête qu'ils vont faire à la maison quand ils vont voir les photos ! murmura Hal. Nick, si elles sont réussies, je t'en envoie un double de chacune. On sait jamais. Peut-être qu'un jour, c'est moi qui prendrai les photos à ton mariage...

Le sourire de Nick s'évanouit d'un seul coup et madame Gaynor détourna la tête.

— Oh ! désolé, murmura Hal en baissant la tête comme s'il espérait voir le plancher s'ouvrir et l'engouffrer sur-le-champ.

— Ça va, dit Nick en lui adressant un pauvre sourire. Et pour ce qui est du mariage, si jamais il y en a un, tu pourras prendre toutes les photos que tu voudras.

— Bon, les enfants, à la douche, à présent. On a eu une journée épuisante et ce sera pire demain.

Madame Harper se leva d'un air décidé et rentra dans la maison.

***

Le lendemain matin, les enfants furent debout bien avant 7 heures. Une autre belle journée s'annonçait et, en dépit de leurs inquiétudes, ils avaient hâte de partir et tenaient difficilement en place.

— Qu'est-ce qu'il y a au programme aujourd'hui? demanda Hal.

Il prit place à table à côté de Ted, étendit le bras et lui vola une rôtie.

— On n'a aucune réservation pour aujourd'hui, répondit madame Harper. Mais vous avez peut-être envie d'aller vous promener en ville. Il y a tellement de choses à voir. On retournera au Stampede demain. Nick participe à une autre compétition et on pourrait acheter des billets pour le spectacle de demain soir, au stade.

— Si vous êtes prêts, je vous conduis en ville, ajouta monsieur Harper.

— Moi, ça me va, dit Audrey. J'aimerais magasiner un peu.

— Ah! Les filles! grogna Hal en levant les yeux au ciel.

— Tu nous accompagnes, maman? demanda Tina sur un ton détaché.

— Non. Je crois que je fais mieux de rester avec madame Gaynor. Elle a l'air de tenir le coup comme ça, mais je la sens terrifiée.

Tina fit semblant d'approuver pour cacher sa déception. Toute cette histoire prenait de drôles de proportions et jetait une ombre sur leurs vacances.

Comme si elle lisait en elle, sa mère prononça exactement les mots qu'il fallait, sur le ton qu'il fallait :

— Pour l'instant, les enfants, on oublie tout. On ne peut rien faire pour Hélène et je suis sûre qu'elle serait désolée d'apprendre que votre semaine est gâchée à cause d'elle. La police a pris les choses en main. Je suis persuadée qu'on va retrouver Hélène très bientôt.

Tina releva la tête et sourit à sa mère. Soit ! Ils allaient essayer. Tous. Mais ce ne serait pas facile, pas facile du tout, elle le savait.

***

L'avant-midi passa en coup de vent : jongleurs, chanteurs western, fanfare, danseurs, tout y passa, ou presque. Il était près de midi quand l'odeur des hot-dogs qui grillaient tout près vint taquiner leurs narines. Ils passèrent en revue la longue galerie de kiosques proposant aux passants des nourritures diverses et jetèrent leur dévolu sur celui qui avait la file d'attente la plus courte.

— Quel est le programme de cet après-midi? demanda Ted la bouche pleine.

— Tina et moi, on va magasiner, annonça Audrey d'un ton ferme.

— Pas moi, en tout cas, fit Hal. J'ai pas envie de perdre mon après-midi dans un magasin. Ted et moi, on va vous attendre à la sortie du centre commercial, d'accord, Ted?

— D'accord. Bon, les filles, rendez-vous à... (il jeta un coup d'œil à sa montre) ... 14 heures 30. À La Baie. O.K.?

— O.K. Audrey s'essuya la bouche et se leva d'un air décidé. Tu viens, Tina?

Tina adressa à son frère un long regard résigné et se leva à son tour. Hal se tourna vers Ted:

— Un dernier hamburger et on y va, d'accord?

Les filles avaient déjà fait quelques boutiques et entraient dans une pharmacie quand le regard de Tina fut attiré par une femme entièrement vêtue de noir — robe noire, chaussures noires, chapeau noir. La femme jetait divers objets pêle-mêle dans un immense fourre-tout qu'elle portait en bandoulière : tubes de dentifrice, shampooings, déodorants. Tina agrippa Audrey par le bras:

— Je sais pas si j'ai la berlue, mais on dirait que c'est la femme qui surveillait Hélène.

— Tu es sûre? répondit Audrey évasivement, en se dirigeant vers le comptoir de cosmétiques. Ces bonnes femmes se ressemblent toutes, tu sais.

— Ouais. Peut-être bien, admit Tina en s'étirant le cou pour mieux voir.

La femme tendait la main vers une brosse à cheveux quand elle leva les yeux, apparemment sans raison. Elle regarda autour d'elle, comme si elle se sentait observée, et fourra l'objet dans son sac. C'est alors qu'elle croisa le regard de Tina. Elle referma le sac d'un coup sec et se hâta vers la sortie. En passant tout près d'elles, la femme les dévisagea froidement, avec une expression où se lisaient à la fois la peur et l'arrogance. Tina et Audrey la suivirent des yeux, interdites, jusqu'à ce qu'elle ait franchi la porte de la pharmacie. La femme jeta le sac dans un chariot déjà à moitié plein de cannettes vides.

— C'est pas vrai! Elle a pas volé tout ça! s'écria Tina. Il faut la dénoncer, non?

— Je suppose que oui. Je vais voir s'il y a un commis. Elle n'ira pas bien loin, tu peux compter sur moi!

Au moment où Tina atteignait la porte, la femme se démenait tant bien que mal pour se frayer un chemin à travers la foule attroupée devant un magicien qui faisait son numéro, en plein milieu du centre commercial. Sans quitter des yeux la pharmacie, Tina se rapprocha de la femme en prenant soin de ne pas être vue. La femme poussait toujours le chariot devant elle, impatiente à présent et bousculant tout sur son passage. Un enfant tomba et se mit à pleurer. La mère s'en prit à la femme et commença à l'injurier. Au moment où elle faisait marche arrière, la femme heurta un homme qui arrivait par-derrière et son chapeau tomba par terre.

Tina retint son souffle. La femme avait les cheveux attachés avec un drôle de ruban écossais. Un ruban très particulier, que Tina avait déjà vu... dans les cheveux d'Hélène, le samedi précédent.

Avant que Tina ait le temps de réagir, la femme disparut dans la foule.

— Par où s'est-elle enfuie? demanda Audrey en arrivant près d'elle tout essoufflée, un commis sur les talons.

— Avalée par la foule, répondit Tina encore sous le choc.

Elle se secoua tout à coup et se lança sur les traces de la fugitive.

— Vite! Elle ne peut pas être bien loin.

Peine perdue. Une fois franchie la barrière des spectateurs toujours attroupés devant le magicien, ils constatèrent que la femme s'était complètement volatilisée.

— Merci tout de même, dit le vendeur. À partir de maintenant, on va la surveiller, ça, je vous le jure. Et si jamais elle se pointe de nouveau, on sera prêts.

Il leur envoya la main et retraversa de nouveau la foule.

— Zut! Quel dommage que...

— Audrey! Il faut absolument prévenir la police.

— Mais on a rendez-vous avec les gars.

— Bon d'accord. On va les retrouver et on se rend tous ensemble au poste. C'est pas très loin d'ici.

— Une minute! protesta Audrey en attrapant Tina par l'épaule au moment où elle s'apprêtait à traverser la rue. C'est pas à nous de faire ça. C'est au propriétaire de la pharmacie.

— Tu comprends rien! s'écria Tina en se dégageant d'une secousse. Ce ne sont pas les vols qui m'intéressent, c'est le ruban.

— Quel ruban? De quoi tu parles? Tu aurais pas attrapé une insolation, par hasard?

— Je rigole pas, Audrey. Cette bonne femme portait le ruban d'Hélène, j'en suis sûre. La police devrait peut-être s'en inquiéter et lui demander où elle se l'est procuré. Elle sait où se trouve Hélène, j'en mettrais ma main au feu.

— Tu es sûre?

Audrey avait les yeux ronds.

— Bien sûr que je suis sûre! Des rubans comme celui-là, on n'en voit jamais. Ce serait pour le moins étrange que la femme ait exactement le même. Un peu fort comme coïncidence. À présent, grouille-toi. On n'a pas une minute à perdre.

Tina se mit à courir vers La Baie, suivie d'Audrey qui faisait ce qu'elle pouvait pour s'en tirer avec dignité malgré ses nouvelles bottes de cow-boy qui devaient lui blesser les pieds à chaque foulée. Hal et Ted étaient déjà là.

Tina les mit au parfum en un rien de temps. Ted se montra sceptique et Hal, carrément incrédule :

— Voyons donc, Tina ! C'est pas sérieux comme indice. La police va rire de toi.

— Tant pis pour vous, alors. On ira seules, c'est tout.

— Pas question, protesta Ted. On vous accompagne, mais j'ai pas grand espoir.

Tina contempla son frère avec gratitude :

— Tu devrais pourtant, Ted. Dépêchez-vous !

***

— Un instant, jeune dame !

Le policier élevait les deux mains en signe d'apaisement sans pouvoir s'empêcher de sourire. On recommence au début, d'accord ? Cette femme qui devrait être impliquée dans l'enlèvement d'Hélène Gaynor, c'est qui au juste ? Et d'abord, comment savez-vous qu'Hélène Gaynor a disparu ? Les journaux n'en ont pas parlé.

Tina prit une profonde inspiration et reprit l'histoire au début.

— Je viens de vous le dire : ma sœur est l'une des deux princesses qui accompagnent la reine en tout temps. La tante d'Hélène habite présentement chez nous. On sait très bien comment Hélène a été attirée en dehors de la maison de repos qu'elle visitait samedi dernier...

— D'accord, d'accord. Alors cette femme, qui est-elle ?

— Ben... elle est toujours habillée de la même façon, en noir. On l'a vue surveiller Hélène durant le défilé et une autre fois aussi. Et aujourd'hui, on l'a surprise en train de voler toutes sortes de trucs à la pharmacie. On a essayé de l'attraper, mais elle a réussi à s'enfuir.

— C'est tout ?

— Non, c'est pas tout. L'autre jour, Hélène portait un ruban vert et or. Un ruban vraiment bizarre, en tissu écossais, légèrement brillant. Ben... quand je courais après la femme tout à l'heure, son chapeau est tombé et j'ai vu qu'elle portait exactement le même.

L'agent continuait à griffonner sur son bloc-notes et se retenait manifestement pour ne pas éclater de rire.

— Vous voyez autre chose qui pourrait nous aider à l'identifier ?

— Oui, répliqua Tina. Elle pousse ce fichu chariot d'épicerie à longueur de journée. Elle ramasse toutes sortes de choses, surtout des cannettes de boisson gazeuse vides.

Le policier releva vivement la tête et grogna :

— Bon sang ! Vous voulez parler de Polly-la-Vidangeuse ? Drôle de bonne femme, je vous le concède, et haute en couleur. Ça fait un bail qu'elle rôde par ici : presque un an en fait. Il émit un petit rire bref et redevint subitement sérieux. Mais elle est absolument inoffensive, croyez-moi. Elle ne dérange personne et ne ferait pas de mal à une mouche. Assez pathétique, je dirais.

— Pas si inoffensive que ça puisqu'elle vole, fit remarquer Tina.

— Difficile à croire. C'est la première fois qu'on me rapporte quelque chose d'illégal à son sujet. Écoutez ! Elle fait des efforts manifestes pour ne pas avoir de démêlés avec la police, alors je n'ai pas l'intention de l'inquiéter pour rien. Mais au cas où vous auriez raison, je vais l'avoir à l'œil. Quant à votre amie, j'ai bien peur qu'une enquête soit prématurée, pour l'instant. On ne dispose pas d'indices suffisants.

— Et le ruban?

— Mettez-vous à notre place. On ne peut tout de même pas coffrer la dame sous prétexte qu'elle porte un ruban identique à celui de votre amie! Et puis, des rubans comme celui-là, ce n'est pas si rare que ça, vous savez.

— C'est le ruban d'Hélène, je le sais! Cette femme-là est mêlée à l'enlèvement d'une façon ou d'une autre! La voix de Tina tremblait. Vous devez absolument faire quelque chose!

Le policier commençait visiblement à perdre patience. Il referma son bloc-notes d'un geste sec et fronça les sourcils.

— Du calme, Tina, souffla Ted. Merci beaucoup, monsieur, ajouta-t-il en se tournant vers le policier. On s'en va à présent.

Un sourire fit place au froncement de sourcils :

— On la garde à l'œil, je vous le promets. Et si elle récidive, on mettra un terme à tout ça, d'accord? Merci de nous avoir prévenus.

Il se dirigea vers la porte, s'attendant manifestement à ce qu'ils en fassent autant. Tina ouvrit la bouche pour ajouter quelque chose, mais Ted et Hal l'attrapèrent au passage et l'entraînèrent dehors avant qu'elle n'aggrave les dégâts.

— Je me fiche pas mal de ce que vous ou cet imbécile de policier pensez. Je suis sûre que la femme en noir sait quelque chose sur la disparition d'Hélène.

Les enfants revenaient lentement vers le centre-ville.

— Depuis le début, je me répète qu'il y a quelque chose de pas normal dans sa façon de regarder Hélène, poursuivait Tina. Elle est mêlée à tout ça, j'en mettrais ma main au feu.

— Oh, arrête un peu, Tina, dit Ted en riant. Tu en as pas marre de jouer au détective ? C'est une vraie manie. C'est pas parce que tu as vu Polly observer Hélène deux fois de suite et qu'elle porte le même ruban qu'elle est coupable !

— Ouais ! renchérit Hal. Regarde les choses en face, Tina. Le flic a raison. N'importe qui pourrait porter un ruban comme celui d'Hélène. Bon, on oublie ça. Je pense qu'il y a un kiosque de crème glacée un peu plus loin.

Tina n'avait pas beaucoup le choix. Personne ne croyait à son histoire. C'était peut-être elle qui se trompait, après tout. Mais une pensée lui trottait derrière la tête. Le policier avait dit quelque chose qui lui avait fait penser à autre chose. Mais à quoi? Plus elle essayait de se rappeler, plus le souvenir lui échappait. Quelque chose clochait dans cette histoire.

Ils dégustèrent leur crème glacée à l'ombre, confortablement installés sous un grand arbre, en planifiant les heures à venir. Tina restait à l'écart, essayant de reconstituer chaque détail de sa conversation avec le policier. La pensée venait et repartait, insaisissable.

— Réveille, Tina. Et viens avec nous, lui cria Hal. On s'en va au musée Glenbow.

Tina renonça. La meilleure chose à faire était d'oublier. Elle finirait bien par trouver. « En temps et lieu », se dit-elle. Du moins, elle l'espérait.

En arrivant à la maison, ils trouvèrent madame Harper en grande conversation avec un grand et solide gaillard vêtu dans la plus pure tradition western : bottes de cow-boy de qualité, quoique défraîchies, veste de cuir à franges, chemise à carreaux. Quarante-cinq ans ou à peu près, plutôt bel homme, n'eut été l'expression renfrognée qui assombrissait son visage.

Madame Harper se leva à leur approche et fit les présentations. Elle avait l'air préoccupée.

— Voici le père d'Hélène, les enfants, dit-elle. Monsieur Gaynor, je vous présente ma fille Tina, mon fils Ted et leurs deux cousins.

Ils grimacèrent un sourire poli et interrogèrent madame Harper du regard.

— Monsieur Gaynor est ici pour essayer d'éclaircir le mystère qui entoure la disparition d'Hélène, dit-elle en réponse à la question muette qu'elle lisait dans leurs yeux.

— Mais je croyais que les flics voulaient que...

Le reste de la phrase se perdit dans un déluge de protestations et de grognements :

— Une bande d'incompétents, si vous voulez mon avis ! tonna monsieur Gaynor. Qui n'arriveraient même pas à trouver un éléphant dans un jeu de quilles ! Je les connais, vous savez ! J'ai déjà eu affaire à eux, figurez-vous !

Son teint rougeâtre vira au mauve et il émit un dernier grognement particulièrement éloquent.

— Où est madame Gaynor ? demanda Tina d'une voix timide.

— En haut, en train de se reposer. La journée a été un peu dure pour elle.

— Il y a de quoi ! murmura Ted à l'oreille de Tina en jetant un regard dégoûté à monsieur Gaynor.

— Charlotte se repose, oui. Et c'est sans doute ce qu'elle faisait quand Hélène a été kidnappée, ajouta monsieur Gaynor.

— Madame Gaynor n'a absolument rien à se reprocher, protesta madame Harper. Elle n'est pour rien dans l'enlèvement. Vous savez bien qu'Hélène s'est précipitée à l'hôpital sans prévenir personne.

— Mmm... peut-être bien. Mais je persiste à penser qu'elle s'est plutôt enfuie avec ce cow-boy à la manque, ce Nick Gilbert, cette supposée étoile du rodéo, qui l'a complètement envoûtée. Personne d'autre que lui...

— On parle de moi ? demanda Nick en surgissant d'un côté de la maison.

L'atmosphère s'alourdit subitement. Nick gravit lentement les marches menant à la terrasse. Monsieur Gaynor fit mine de se lever et, pendant quelques secondes, les deux hommes se dévisagèrent en silence.

— Qu'est-ce que vous fichez ici ? demanda monsieur Gaynor.

— Je suis venu voir la tante d'Hélène. Et vous, qu'est-ce que vous fichez ici ? Je croyais que vous deviez rester chez vous pour que les kidnappeurs puissent entrer en contact avec vous ! Pour la rançon ou quelque chose du genre.

— Personne ne m'a contacté et personne ne le fera, vous le savez aussi bien que moi. Vous cachez Hélène quelque part et tout ce que vous attendez, c'est l'occasion de vous enfuir avec elle, pas vrai ? Vous espérez gagner assez d'argent au rodéo pour vous envoler avec elle, c'est ça? Espèce de cinglé!

— Vous êtes ridicule. Hélène a été enlevée, mettez-vous ça dans la tête, une fois pour toutes.

L'homme sembla tout à coup privé de toute réaction. Il s'effondra sur son siège et se prit la tête entre les mains.

Nick s'assit en face de lui et regarda ailleurs, en faisant un effort visible pour retrouver son calme.

— On arriverait sans doute à de bien meilleurs résultats si on essayait de coopérer au lieu de s'entre-tuer, dit calmement madame Harper. La police fait tout ce qu'elle peut pour nous aider et je suis persuadée qu'on devrait très bientôt avoir de ses nouvelles.

Un silence de mort, qui devint très vite gênant, accueillit les paroles de madame Harper. C'est Tina qui le rompit la première:

— Aujourd'hui, j'ai vu une femme qui portait exactement le même ruban qu'Hélène.

Ted émit un bref grognement et Hal murmura: « Oh non ! ». Nick pivota sur son siège:

— Le même ruban qu'Hélène? Qu'est-ce que tu veux dire?

— Ben... Hélène avait l'habitude de porter un ruban un peu bizarre. En tissu lamé or et vert, avec de drôles de rayures.

— Oui, c'est moi qui le lui ai offert quand elle a été élue reine du Stampede. C'est un ami à moi, un tisserand, qui l'a fabriqué pour moi.

— J'avais raison ou pas ? demanda Tina subitement rayonnante. Je vous l'avais bien dit. Ce ruban-là est unique.

— Peut-être que la vieille dame a vu Hélène se faire enlever, suggéra Hal. Sinon, comment aurait-elle pu se procurer le ruban ?

— Quand il est tombé des cheveux d'Hélène, répondit Ted. Ce serait plus vraisemblable. Elle peut l'avoir perdu n'importe où.

— À moins que ce soit elle qui ait enlevé Hélène, prononça lentement Tina.

Mais tout le monde avait l'esprit ailleurs. Nick était déjà debout et se dirigeait vers la maison, le père d'Hélène sur les talons.

— Où allez-vous ? cria madame Harper.

— À la recherche de cette bonne femme, répondit monsieur Gaynor.

— À la police, répondit Nick en même temps.

***

Nick eut plus de chance que Tina avec la police. Il communiqua à madame Gaynor les premiers résultats de sa démarche au moment où les Harper se mettaient à table.

— Il a réussi à les convaincre que Tina avait raison et que le ruban qu'elle a aperçu était bien celui d'Hélène, rapporta madame Gaynor. Et à présent, ça y est, ils ont mis tous leurs effectifs sur les traces de cette Polly. C'est une question d'heures, j'imagine.

Elle avait l'air à la fois soulagée et heureuse, pour la première fois, notèrent-ils, depuis son arrivée chez eux.

— Merveilleux ! s'écria madame Harper. Tu peux être fière de toi, Tina. Tu avais vu juste. Bravo !

Le visage de Tina s'éclaira tout à coup et les trois autres approuvèrent, vaguement honteux.

Monsieur Gaynor n'avait pas donné signe de vie. Il avait décliné l'invitation de madame Harper de venir habiter chez eux, prétextant qu'il avait réservé une chambre à l'hôtel Westin.

— Je vais lui téléphoner pour lui annoncer la bonne nouvelle, dit madame Gaynor.

— Profitez-en pour l'inviter à dîner, proposa madame Harper.

Elle revint quelques instants plus tard, l'air soucieuse.

— Il n'est pas à l'hôtel et personne ne l'a vu depuis son arrivée, ce matin.

— Il doit continuer à chercher Polly, fit Ted.

— Je vois vraiment pas comment il pourrait y arriver tout seul, fit remarquer Tina. Il n'a jamais vu Polly de sa vie. Il ne sait même pas à quoi elle ressemble.

— Ça peut sembler bizarre, en effet, dit monsieur Harper d'un air songeur. Mais il est bouleversé, ça, j'en suis sûr. Et il doit se dire qu'il faut absolument qu'il fasse quelque chose, qu'il agisse.

— Possible, murmura Tina.

Le repas se déroula dans un silence quasi complet. Il ne fut plus question de monsieur Gaynor ni de l'enlèvement. À la fin du repas, madame Harper exhorta les enfants à regagner leur lit.

— Demain sera une journée chargée, leur rappela-t-elle encore une fois. Et on n'est pas sortis du stade avant 22 heures.

— J'aimerais rester debout au cas où on aurait des nouvelles de la police, tourmenta Hal.

— Si c'est le cas, lui proposa son oncle

en souriant, on vous réveille sans pitié. D'accord?

Il n'y eut aucune nouvelle jusqu'au lendemain matin. C'est Nick en personne qui les apporta.

Il avait passé la nuit à rôder autour du poste de police, au cas où on aurait réussi à mettre la main sur Polly. Vers 7 heures 30, une auto-patrouille était rentrée au poste. Polly était à bord.

— Ils l'ont interrogée pendant au moins une heure pour essayer de savoir où elle avait trouvé le ruban, dit Nick. Peine perdue. Elle n'a pas cessé de répéter qu'elle ne se souvenait de rien, qu'elle ramassait toutes sortes d'objets à travers la ville et qu'elle pouvait avoir trouvé le ruban n'importe où.

— Mais c'est bien celui d'Hélène, non? demanda Audrey.

— Oui, sans l'ombre d'un doute. D'ailleurs, j'ai pu l'identifier moi-même au poste.

Madame Gaynor s'appuya au dossier de sa chaise, découragée de nouveau.

— Je dois rejoindre Arthur à tout prix, soupira-t-elle. Mais pourquoi est-ce qu'il ne téléphone pas, Seigneur?

Elle se leva à contrecœur et se dirigea lentement vers la cuisine.

— Il y a tout de même une bonne nouvelle, poursuivit Nick. Quand ils ont amené Polly au poste de police, il y avait là un journaliste du Herald. Il a cuisiné à peu près tout le monde à propos de la disparition d'Hélène et tient absolument à faire un article sur le sujet. Ça pourrait nous aider à retrouver Hélène. On ne sait jamais.

— Il t'a cuisiné toi aussi? demanda Hal, les yeux ronds.

— Ouais! Il m'a même photographié, moi, le «fiancé éploré», comme il m'appelle. En plein le genre d'article dont les gens sont friands!

Madame Gaynor était revenue de la cuisine.

— Vous avez réussi à le joindre? demanda madame Harper.

— À l'hôtel, oui. Je lui ai tout raconté à propos de Polly et du ruban. Bien sûr, il n'en croit pas un mot et persiste à dire que la police est inefficace. Il veut absolument parler lui-même à Polly.

— Parfait, s'écria Nick en ricanant. On va sûrement l'arrêter pour harcèlement, mais au moins, on l'aura plus dans les pattes!

— Mais s'il réussit à trouver Polly, qu'est-ce qu'il va faire? demanda Tina.

— La malmener un peu, sans doute, répondit Nick. Ce serait tout à fait son genre. Mais ça m'étonnerait beaucoup qu'il la trouve. La police a mis douze heures à la retrouver, avec une dizaine d'autos-patrouilles. En tout cas, espérons qu'il n'y arrivera pas. On s'en porterait tous beaucoup mieux.

Ce en quoi il se trompait, évidemment.

Chapitre

8

Le programme de la journée ne fut pas modifié pour autant. Madame Harper insista une fois encore pour que les enfants poursuivent leurs activités comme prévu et ne se laissent pas abattre, ni même gâcher leur plaisir.

— Ronger son frein ne fera certainement pas réapparaître Hélène. Alors, préparez vos sacs et en route! ajouta-t-elle en se dirigeant vers la porte.

— Mais on n'a même pas déjeuné! protesta Hal.

— Ne t'inquiète pas, le rassura sa tante. Je vous promets le meilleur déjeuner qui soit, un vrai déjeuner western au centre commercial Chinook. Nick, vous nous accompagnez? demanda-t-elle au grand jeune homme soucieux qui se tenait aux côtés de madame Gaynor. Et vous, madame Gaynor? Une journée loin de la maison vous ferait le plus grand bien, il me semble.

Nick refusa poliment :

— Désolé. J'ai ma deuxième compétition cet après-midi et je manque de sommeil. Je vais essayer de me reposer quelques heures pour être en forme cet après-midi. Je voudrais me rendre aux finales, comprenez-vous ? Mais vous, Charlotte, allez-y. Vous ne pouvez rien faire pour l'instant.

— Vous devez avoir raison, soupira madame Gaynor. Mais je n'ai vraiment pas le cœur à m'amuser, pendant qu'Hélène est... Dieu sait où...

Elle fondit en larmes et s'essuya les yeux avec son mouchoir.

— Oh, allez ! dit très doucement madame Harper. Ça va vous distraire un peu. Et je vous promets de vous ramener à la maison après le déjeuner, dès qu'on aura déposé les enfants au parc.

Charlotte approuva sans grande conviction et se leva pour les suivre.

Un quart d'heure plus tard, ils arrivaient devant l'immense centre commercial situé au sud de la ville. En plein Far West, aurait-on dit. Le décor, la musique, l'atmosphère, même les odeurs, celles du café et du bacon grillé, leur donnaient l'impression de se retrouver au milieu des cow-boys.

Ils se dirigèrent vers les tables disposées devant le restaurant d'où émanaient les odeurs. Pendant qu'ils faisaient la queue, un violoneux accompagné d'un chanteur s'empara du micro. Surgi de nulle part, un groupe de danseurs en costumes d'époque — adeptes passionnés de la danse carrée — se mit à tournoyer devant le public ébahi.

Tout le monde se prit au jeu et se mit à taper du pied au rythme de la musique. Tout le monde, excepté Hal, bien entendu, qui essayait désespérément de prendre des photos sans échapper son assiette.

Les mains chargées de plats et de tasses brûlantes, ils réussirent ce tour de force qui consistait, ce jour-là, à trouver une place assise et à l'ombre.

***

— Parlez-nous du père d'Hélène, demanda Ted à madame Gaynor, une fois qu'ils eurent fini de manger.

Ils étaient plus détendus à présent, sans doute à cause de l'atmosphère et de la musique qui résonnait toujours à leurs oreilles.

— Oh ! Que pourrais-je vous dire sur lui ? Mon frère a toujours été un homme volontaire. Inflexible aussi. Il a rencontré Angela, la mère d'Hélène, en 1967, au cours du Stampede. Croyez-le ou non, il participait aux compétitions de rodéo et Angela était l'une des deux princesses. Deux semaines plus tard, ils se mariaient. Angela n'avait pas de famille. Elle avait perdu son père et sa mère deux ans plus tôt, au cours d'un accident, et je suppose que la perspective de s'unir à un homme plus âgé, capable de prendre soin d'elle, avait quelque chose de rassurant. Ils se sont installés au ranch d'Arthur, près de Cochrane, et deux ans plus tard, Hélène est née. À cette époque, j'étais infirmière en Floride, mais je leur ai rendu visite une ou deux fois. La première fois que je suis allée chez eux, ils avaient l'air de filer le parfait bonheur. Quelques années plus tard, il m'a semblé qu'Angela avait changé. Son enthousiasme avait complètement disparu et elle semblait avoir vieilli de dix ans. Je ne suis revenue au Canada que trois ans plus tard, après la mort d'Angela.

— Quel dommage! s'exclama Tina. Monsieur Gaynor devait être complètement bouleversé.

— Comment savoir? Il s'est enfermé dans un mutisme complet. Impossible de le faire parler d'autre chose que de son ranch. Il est devenu froid et distant, sauf quand il s'occupait de la petite. C'était le meilleur père que l'on puisse imaginer, chaleureux, prévenant. Plus tard, quand Hélène a commencé à s'intéresser aux garçons, il s'est refermé de nouveau pour devenir cet homme rigide et insensible que vous avez connu. J'ai l'impression que l'intérêt d'Hélène pour Nick est en quelque sorte la goutte qui a fait déborder le vase.

— Est-ce qu'il interdisait vraiment à Hélène de voir Nick? demanda Audrey, les yeux aussi ronds que des soucoupes.

— Il faisait tout pour ça, mais Hélène est aussi têtue que lui. Elle a continué à voir Nick et s'est fiancée à lui, malgré l'interdiction de son père.

Madame Gaynor s'interrompit un instant, comme si elle cherchait ses mots:

— Je ne crois pas que mon frère en veuille à Nick personnellement. Ce n'est pas ça son problème. Son problème, c'est qu'il ne veut partager Hélène avec personne.

— Seigneur Dieu! s'exclama madame Harper. On se croirait au siècle dernier!

— Pauvre Hélène! soupira Audrey. À sa place, je ficherais le camp au plus vite et je m'arrangerais pour qu'il ne me retrouve jamais.

— Je me faisais la même réflexion, murmura madame Gaynor.

* * *

Madame Harper déposa les enfants, munis de leurs billets, à l'entrée sud du stade et leur donna rendez-vous près de la tour de l'horloge à 18 heures 30.

— Amusez-vous bien, leur recommanda-t-elle en leur envoyant la main. Et surtout, ne ratez pas Nick! Il a besoin d'encouragement.

Le début des activités était prévu pour 13 heures 30 mais, dès 13 heures 15, les enfants avaient gagné leur place, après s'être abondamment ravitaillés en friandises, hot-dogs et boissons gazeuses.

— Il y a neuf épreuves au programme avant le rodéo, fit remarquer Ted en consultant le programme. Et Nick est le quatrième concurrent. Il a deux points d'avance sur le second. Donc, à moins de jouer de malchance, il devrait se qualifier pour les finales.

— Pas si sûr, fit Tina, le front soucieux. Il avait l'air crevé ce matin et j'ai l'impression qu'il se fiche pas mal de gagner ou de perdre.

— Jamais de la vie! protesta Hal, indigné. C'est un pro, oui ou non?

Au même moment, une musique western

envahit le stade et une dizaine de jeunes filles à cheval firent leur entrée, chacune arborant un drapeau de sa province d'origine. Derrière elles venaient Amy et Rhonda. Les épreuves allaient commencer.

Pour les jeunes, c'était un peu du déjà vu et ils assistèrent aux compétitions avec plaisir, mais d'un œil expert et critique.

Ils connaissaient déjà la plupart des participants et avaient leurs préférences ; dans le rodéo sans selle, par exemple, ils s'étaient pris d'affection pour un grand gaillard un peu efflanqué qui avait été désarçonné au premier tour et ils profitèrent du second tour pour l'acclamer sans retenue.

Puis, vinrent les clowns et leurs mille stratagèmes pour éloigner de leur cavalier désarçonné des bêtes passablement surexcitées. D'autres compétitions suivirent, puis ce fut le tour du dressage de broncos.

Dans cette épreuve, tout repose sur le rythme. Le cavalier doit basculer d'avant en arrière, au rythme des ruades de la bête. Au sortir de l'enclos, le cavalier doit, pour se qualifier, éperonner la bête à la hauteur des épaules et maintenir sa position jusqu'à la fin de la première ruade. S'il touche ou ne fait qu'effleurer de sa main libre le cheval ou l'attelage, il est disqualifié sur-le-champ. Il y a également disqualification si le cavalier perd un étrier ou les deux, ou encore s'il est désarçonné avant le délai obligatoire de huit secondes. Par contre, il y a gain de points si le cavalier parvient à décrire un arc complet, les pieds tournés en dehors.

Le premier concurrent fut désarçonné avant que les huit secondes ne soient écoulées; le deuxième et le troisième s'en tirèrent avec un pointage honorable, soit 69 et 71 respectivement. C'est alors que Nick jaillit de l'enclos.

La première fois qu'ils l'avaient vu, les enfants avaient été vivement impressionnés par l'aisance et l'élégance avec lesquelles il arrivait à se maintenir en selle, comme s'il ne faisait qu'un avec la bête. Cette fois, c'était différent. Ses mouvements étaient brusques et gauches, et c'est tout juste s'il parvint à rester en selle huit secondes avant d'être jeté par terre.

— Nick Gilbert: 71, cria l'annonceur.

L'annonce leur fit l'effet d'une douche froide.

— Ça veut dire qu'il est disqualifié? demanda Audrey.

— Pas forcément, répondit Ted. Ça lui fait un total de 150 points pour les deux jours. Il peut encore y arriver, à moins que les autres concurrents se surpassent et fassent mieux que lui.

C'est donc avec une certaine anxiété qu'ils observèrent les sept concurrents suivants, chacun espérant secrètement qu'au moins l'un d'eux soit désarçonné ou commette une erreur. Le point le plus élevé fut un très ordinaire 75.

— C'est bon, non? demanda Audrey, incertaine. Nick a seulement quatre points de moins que le gagnant.

— Oui, mais n'oublie pas qu'il se mesure aussi à tous les autres qui vont suivre, expliqua Ted. Espérons seulement qu'il n'y en aura pas quatorze meilleurs que lui.

Les épreuves qui suivirent ne suscitèrent chez les jeunes qu'un intérêt mitigé. Quelque chose s'était brisé; une inquiétude vague, une déception, gâchait en partie leur plaisir. Ils assistèrent aux deux épreuves suivantes — course de chevaux sauvages et combat de jeunes taureaux — mais, au moment où on annonçait la maîtrise de veaux au lasso, Audrey se leva pour partir.

— Voir tous ces pauvres petits veaux se faire ficeler et traîner par terre, je peux tout simplement pas. Je vais boire quelque chose et visiter une ou deux expositions.

Tina, qui compatissait à peu près autant

avec les veaux, décida de la suivre. Les garçons choisirent de rester jusqu'à la fin et leur donnèrent rendez-vous au pavillon de l'agriculture, aux alentours de 16 heures 30.

— Erk! grogna Audrey en se bouchant le nez. Pas dans ce pavillon-là! Ça pue là-dedans, c'est horrible!

— On y sera, déclara calmement Tina. Audrey pourra toujours attendre dehors si elle a peur de s'évanouir.

Elles quittèrent le stade.

— Hé! Que dirais-tu d'emprunter le téléphérique? suggéra Tina en désignant du doigt les petites cabines qui se déplaçaient au-dessus de leur tête. Comme ça, on pourrait éviter toute cette foule. Regarde! C'est là-bas qu'on achète les billets.

Un homme distribuait des billets près d'un kiosque, pendant qu'un autre aidait les gens à prendre place dans le téléphérique.

— Très peu pour moi, dit Audrey. Moi, les hauteurs, ça me donne le vertige.

— Oh! Allez! Ça serait amusant. Et puis, pense à la vue qu'on a de là-haut. On verrait tout le parc.

Elle prit sa cousine par le bras et l'entraîna vers le kiosque.

— Et alors? Tu es pas contente d'être

venue? demanda Tina un peu plus tard en regardant du haut du téléphérique la foule qui circulait au-dessous d'elles. Regarde: c'est comme à vol d'oiseau.

Audrey était assise très droite sur son siège, les yeux fermés et les deux mains agrippées aux accoudoirs.

— Très beau, très beau, marmonna-t-elle, les dents serrées.

Tina leva les yeux vers elle et éclata de rire. Son rire s'étrangla aussi sec. Du coin de l'œil, elle venait de reconnaître une silhouette familière, une silhouette qui poussait devant elle un chariot rempli de cannettes vides.

— Audrey! s'écria-t-elle. C'est Polly! Elle est partout, cette femme-là!

La femme s'arrêtait devant chaque poubelle pour en retirer les cannettes vides qu'elle entassait dans le chariot. Le téléphérique poursuivait sa course en direction nord, mais Tina ne quittait pas la femme des yeux. Celle-ci continuait à s'affairer et à se déplacer lentement, en se penchant de temps en temps pour ramasser un objet ou un autre.

Tina se sentit tout à coup mal à l'aise. Il y avait quelque chose qui clochait dans ce qu'elle venait de voir, mais elle aurait été bien embêtée de dire quoi. Exactement comme ce qui s'était passé au poste de police : un détail ne cadrait pas avec l'ensemble, mais impossible de préciser lequel.

Le téléphérique termina son parcours et les filles descendirent, Audrey avec les articulations des doigts anormalement blanches et Tina, avec le front anormalement plissé. Elles se dirigèrent vers l'entrée principale du centre Roundup. Elles étaient sur le point d'y pénétrer quand Tina s'arrêta tout net et saisit Audrey par le bras.

— Ça y est, je viens de me rappeler !

Elle fit une pause, les yeux à demi fermés, absolument concentrée. Puis elle tourna les talons et se mit à courir dans la direction d'où elles étaient venues.

Médusée, Audrey ouvrit la bouche et la referma très vite, avant de se lancer à la suite de sa cousine.

— Bon sang ! Mais quelle mouche t'a piquée ? hurla-t-elle.

— Grouille-toi ! hurla Tina en retour. Il faut absolument la retrouver !

— Retrouver qui ?

— Polly-la-Vidangeuse, tiens ! Je viens de me rappeler quelque chose. Et à moins que je ne me trompe, elle devrait nous mener tout droit à Hélène.

— Te rappeler quoi, au juste?

Audrey avait fini par rattraper Tina qui avait ralenti le pas et fouillait la foule des yeux.

— Son chariot, répondit-elle. Elle y jette toujours pêle-mêle ses cannettes vides. Mais rappelle-toi le jour où Hélène a disparu. Le chariot était recouvert d'une toile. La voilà! Vite! Elle va passer les portes.

— Tu es en train de perdre la boule, haleta Audrey. Qu'est-ce que la toile vient faire là-dedans?

— Tu comprends pas? Quand on a vu Polly ce jour-là, on a tous cru qu'elle transportait encore ses fichues cannettes. Mais pourquoi les aurait-elle recouvertes? Elle le fait jamais... Alors, qu'est-ce qu'il y avait, tu crois, sous la toile?

— Tu veux dire...

— Je veux dire qu'Hélène pouvait fort bien être en dessous. Minuscule comme elle est, elle pouvait très bien être recroquevillée dans le chariot et tout le monde n'y aura vu que du feu. Et rappelle-toi : Hélène a disparu aux alentours de 16 heures 30 et on a vu Polly environ une heure plus tard. Juste le temps que ça prend pour enlever Hélène et la ramener en ville.

— J'ai jamais rien entendu d'aussi stupide ! ricana Audrey. C'est tout ce que tu as trouvé ?

— Non, c'est pas tout. J'ai fini par me rappeler ce qui clochait l'autre jour au poste de police. Le policier nous a dit que Polly n'avait jamais enfreint la loi, t'en souviens-tu ? Qu'elle et la police étaient copain-copain. Alors, pourquoi l'a-t-on surprise en train de voler à la pharmacie ? Et qu'est-ce qu'elle volait ?

— Du dentifrice, un peigne, un savon, un déodorant. Et alors ?

— Allume, bon sang ! Pourquoi, ou plutôt pour qui, avait-elle tout à coup besoin de ces choses-là ? Un besoin tellement pressant qu'elle a été obligée de les voler ?

— Pour... pour Hélène ? Mais pourquoi l'avoir enlevée ? Si c'est pour l'argent, elle aurait déjà demandé une rançon.

— Comment veux-tu que je le sache? Elle aime peut-être les jolies jeunes filles.

— Tina! C'est pas drôle.

— Je plaisante pas! Ma mère m'a déjà prêté un livre qui racontait l'histoire d'un type qui avait enlevé une fille pour le seul plaisir de la regarder. C'était un collectionneur. Il collectionnait des papillons et il les encadrait. Un vrai malade!

— Et tu penses que Polly est malade, elle aussi?

— Pas toi? En tout cas, tout ce que je sais, c'est que tout coïncide: sa façon de surveiller Hélène, le moment de l'enlèvement, le vol d'objets dont elle ne se sert visiblement pas. Ça pourrait très bien être elle qui a éloigné Hélène de la maison de repos, l'a attrapée par surprise, assommée et coincée dans le chariot. C'est très possible. Hélène est toute petite et Polly, plutôt costaude.

— Mais tout ça n'explique pas le...

— Zut! On l'a perdue! Vite! Il faut la rattraper.

— Par où est-elle partie?

— Par là, je crois, cria Tina par-dessus son épaule. Quelque chose me dit qu'elle habite près du restaurant où on a mangé le jour où Hélène a disparu. Tu te souviens?

Elle était là et l'instant d'après, envolée !

Les filles franchirent les portes du parc en courant et tournèrent sur la 17e Avenue. Les trottoirs étaient bondés et on n'y voyait pas à deux pas devant soi. Elles traversèrent la rue Macleod et s'engagèrent dans la 1re Rue Est. Le flot des piétons s'éclaircit soudain et Tina aperçut, un peu plus loin devant, la haute silhouette noire qui hâtait le pas.

— J'avais raison. C'est là qu'elle va.

Deux rues plus loin, elles la perdirent encore une fois de vue. Une bande de jeunes fêtards surgit d'un restaurant et leur bloqua momentanément le passage. Quand Tina et Audrey réussirent à se frayer un chemin à travers la foule, Polly avait disparu.

— Zut de zut ! Elle nous a encore échappé !

— Regarde ! C'est le restaurant où on a mangé l'autre jour. Elle est peut-être entrée dans un de ces vieux édifices.

— Mais lequel ? soupira Tina. On peut toujours aller voir.

Elles traversèrent la rue, passèrent devant le restaurant et suivirent le trottoir jusqu'à une ruelle qui prenait sur la droite.

— Je te parie ce que tu voudras qu'elle est entrée ici, murmura Tina en scrutant les alentours. Ça expliquerait sa disparition soudaine de l'autre jour. Allez! On y va!

Elles s'engagèrent dans la ruelle en marchant à pas de loup. Il n'y avait pas âme qui vive, à l'exception d'un pauvre chat gris passablement décharné qui surgit soudain de l'arrière d'une maison et arracha à Audrey un cri propre à réveiller les morts.

— Chuuut! Pour l'amour du ciel! souffla Tina. Elle doit pas être loin.

Elles franchirent l'étroit passage par où le chat était apparu et se retrouvèrent devant une entrée sombre.

— Elle habite là, tu crois? murmura Tina en effleurant la porte chambranlante. Regarde, elle a l'air ouver...

Un bruit soudain les fit se retourner d'un bloc. La femme en noir se tenait devant elles, gigantesque et menaçante.

Chapitre

10

— Qu'est-ce que vous fichez là, toutes les deux ? Vous m'espionnez ?

Sans crier gare, elle étendit le bras et les agrippa par l'épaule. Elle ouvrit la porte d'un violent coup de pied et les poussa à l'intérieur. Tina et Audrey furent projetées par terre et, avant de comprendre ce qui leur arrivait, elles entendirent la porte claquer, le bruit d'une clé que l'on tourne, et puis plus rien. Silence total.

D'instinct, elles rampèrent vers un coin de la pièce et se blottirent l'une contre l'autre, en retenant leur souffle. La femme se déplaçait tout près d'elles, mais il était impossible de la voir. Une porte s'ouvrit — une porte intérieure, cette fois — et un peu de lumière filtra dans la pièce. La femme sortit et de nouveau, ce fut le noir total.

Elles restèrent immobiles sans parler pendant ce qui leur parut des heures. La porte s'ouvrit de nouveau et Polly réapparut. Nouveau bruit de clé que l'on tourne, puis elle se glissa rapidement dehors en les effleurant au passage.

Il s'écoula une autre éternité avant que Tina se décide enfin à se lever et à arpenter la pièce à tâtons.

— On dirait une sorte de vestibule, dit-elle en effleurant les murs. Il y a une patère ici et une tablette au-dessus.

— Ça sent mauvais, en tout cas, gémit Audrey. Et cette chaleur! Oh, Tina! Qu'est-ce qu'on va devenir?

— Et voilà la porte d'entrée, poursuivit Tina en feignant d'ignorer sa cousine. Peut-être que si on s'y met toutes les deux, on arrivera à la défoncer. Amène-toi, Audrey! J'ai besoin d'aide.

Audrey se leva à son tour et se dirigea à tâtons vers Tina.

— O.K. Je compte jusqu'à trois. À trois, on pousse de toutes nos forces.

Elles se jetèrent de tout leur poids contre la porte, qui refusa de céder. Elles réessayèrent trois fois, sans plus de succès.

— Essayons l'autre porte, proposa Tina.

Elle prit la main d'Audrey et toutes deux se dirigèrent lentement vers l'endroit où devait se trouver la porte par où la femme était passée plus tôt.

— Même scénario. À trois, on pousse !

Au premier essai, la porte ne broncha pas. Mais au second, il y eut un léger bruit, le bruit caractéristique du bois qui éclate.

— Je pense que ça y est ! cria Audrey.

Au troisième essai, la charnière supérieure céda. Encore deux poussées et la porte fut littéralement arrachée. Les deux filles s'étalèrent au beau milieu d'une grande pièce faiblement éclairée.

— Seigneur ! Tu as vu tous ces meubles ? s'exclama Tina complètement abasourdie. Il doit bien y avoir une demi-douzaine de divans, sans compter les chaises et les tables. D'où ça vient, tu crois ?

— C'est peut-être un endroit qui sert de remise. Il y a encore l'électricité, ajouta Audrey en désignant l'ampoule nue qui pendait au plafond. Polly doit l'habiter en espérant que le propriétaire ne se pointera pas trop souvent.

Elles se frayèrent un chemin à travers les meubles et les vieux objets qui dégageaient une vague odeur de pourriture. En face d'elles, il y avait deux portes. Fermées toutes les deux.

— Mon Dieu ! Faites que l'une d'elles nous mène dehors, supplia Audrey.

La première porte donnait sur une cuisine délabrée ; la cuisinière et le comptoir rongés par la rouille ou la saleté devaient dater du siècle dernier. Affolée par le bruit, une souris sauta sur le pied d'Audrey et s'enfuit vers la porte. Tina plaqua sa main sur la bouche de sa cousine pour réprimer le hurlement de terreur qui menaçait d'en sortir et la tira en arrière. Elle essaya la seconde porte.

— Verrouillée, annonça-t-elle dans un soupir.

— Allez ! On la défonce comme l'autre, proposa Audrey, encore un peu secouée par sa rencontre avec la souris. Je ne reste pas une minute de plus dans cette baraque !

Elle donna un premier coup d'épaule. La porte était solide et résista sans émettre le moindre bruit. Au moment où elle prenait son élan pour s'élancer de nouveau, une voix s'éleva de l'autre côté de la porte :

— Qui est là ?

— Tu as entendu ? demanda Audrey en pivotant vers Tina, les yeux ronds.

— On dirait bien qu'il y a quelqu'un, souffla Tina. Pouvez-vous ouvrir la porte de votre côté ? demanda-t-elle en élevant la voix.

— Non, répondit la même voix désespérée. Oh, je vous en prie, qui que vous soyez, aidez-moi !

— Tenez bon ! On va essayer de notre côté. Si seulement cette maudite porte n'était pas aussi épaisse !

Tina parcourut la pièce des yeux.

— Je vous en prie, dépêchez-vous. Elle va revenir.

— C'est inutile, Audrey. On n'y arrivera jamais. Il faudrait forcer la serrure.

Tina courut à la cuisine.

— Tu t'attends tout de même pas à ce que je te suive dans cet infâme cagibi ? cria Audrey. Une fois suffit.

— Laisse tomber ! Je me débrouillerai bien toute seule.

Elle revint quelques instants plus tard, un immense couteau à découper à la main.

— Si j'arrive à introduire la lame entre la porte et le montant, je pense que je pourrais faire sauter le loquet.

Elle s'affaira en silence pendant une minute ou deux et parvint à enfoncer la lame dans l'interstice.

— O.K., à présent, on pousse !

Les deux filles agrippèrent le manche et

poussèrent aussi fort qu'elles purent. Au début, rien ne se produisit. Et soudain, il y eut un énorme craquement et la porte s'ouvrit toute grande. De surprise, Tina laissa échapper le couteau.

Contrairement aux autres pièces de la maison, la chambre à coucher était grande, propre, spacieuse et bien éclairée. Les meubles étaient anciens là aussi, mais on les avait nettoyés avec soin, de même que le linoléum, qui brillait en dépit de ses nombreuses craquelures.

Leur regard tomba aussitôt sur le lit, à moitié dissimulé derrière un dais de satin d'aspect baroque, dans le coin le plus reculé de la chambre. Une jeune femme était assise, les chevilles attachées au pied du lit par une longue chaîne.

— Hélène! C'est toi! s'écria Tina en accourant vers elle.

— Enfin! dit Hélène Gaynor en réprimant un sanglot. Si vous saviez comme je suis contente de vous voir, les enfants!

— Mais qu'est-ce qui s'est passé? demanda Audrey, le souffle court.

— Plus tard, les explications. Elle va être ici d'une minute à l'autre. Vite! Allez chercher de l'aide!

— Mais on peut pas te laisser ici comme ça, protesta Tina. Quand elle verra qu'on s'est enfuies, elle va savoir que la police s'en vient et elle va t'emmener ailleurs.

— On pourrait essayer de couper la chaîne avec le couteau, suggéra Audrey. Elle est pas très grosse.

— Bonne idée !

Pendant que les filles s'escrimaient sur la chaîne, Hélène leur fit un bref récit de sa mésaventure.

— C'est ce fameux coup de téléphone qui a tout déclenché. J'ai couru à l'hôpital comme une folle, certaine que Nick était blessé. L'hôpital n'était pas bien loin ; j'étais à mi-chemin quand cette femme a surgi d'une haie et m'a sauté dessus. Je me suis débattue comme une enragée, mais elle a jeté une sorte de drap sur ma tête et, quand j'ai repris conscience, j'étais dans ce lit. Je ne sais même pas quel jour on est.

— Mardi. Ça fait trois jours qu'on te cherche, dit Tina en levant les yeux sans cesser de scier la chaîne. Son bras commençait à élancer. Je sens que ça vient, ajouta-t-elle après un moment. Encore un tout petit effort et tu vas être libre.

— Oh, merci ! Grands dieux ! Merci !

Cette fois, les larmes jaillirent et Hélène n'essaya même pas de les retenir. Je ne sais vraiment pas ce que j'aurais fait sans vous. Elle fit une pause, l'air subitement étonnée. Mais qui êtes-vous, au fait? Et comment se fait-il que vous soyez ici?

— Je m'appelle Tina Harper et voici ma cousine, Audrey Jacobs. Je suis la sœur d'Amy. On est sur tes traces depuis que tu as disparu. J'ai pensé qu'on aurait peut-être une piste en suivant la femme en noir.

— Tu sautes des étapes, dit Audrey. Tina était persuadée qu'on t'avait enlevée et que c'est cette femme qui était à l'origine de l'enlèvement. Alors on l'a suivie un peu partout et on l'a perdue de vue et retrouvée des tonnes de fois. On l'a perdue de vue une dernière fois tout près d'ici et on a exploré les alentours. C'est comme ça qu'on a découvert la ruelle.

— Mais, ce coup-là, c'est plutôt elle qui nous a trouvées, poursuivit Tina en s'escrimant toujours sur la chaîne. Elle nous est tombée dessus et nous a enfermées dans la petite pièce à côté. Ah, voilà! Ça y est! Elle donna un coup sec et la chaîne céda. Tu vas devoir marcher en traînant un bout de chaîne, mais au moins tu es libre. Allons-y, à présent. Cette porte-là, ça mène où? Dehors?

— Non. C'est la salle de bains. Heureusement que la chaîne était assez longue, je pouvais m'y rendre sans problème. J'ai fouillé partout pour trouver un objet coupant, un outil, n'importe quoi qui aurait pu couper la chaîne, mais elle avait pensé à tout, la chipie.

Elle recommença à secouer la tête, toujours incrédule :

— Tu es vraiment la sœur d'Amy ? J'en reviens pas !

— Normal. Mais on n'a pas le temps de tout t'expliquer. Plus tard. Il faut sortir d'ici, à présent. Et sortir par où on est entrées si je comprends bien, ajouta Tina en aidant Hélène à se lever.

— On réussira jamais à ouvrir la porte qui mène dehors, fit remarquer Audrey. On a déjà essayé.

— Cette fois, on va essayer avec le couteau. Ça a bien marché avec la première porte ! Et on est trois à présent.

Tina enfonça la lame et elles poussèrent toutes les trois, mais rien n'y fit. La porte tenait bon.

— Elle est blindée, ma parole ! s'exclama Hélène. C'est inutile. On va casser le couteau.

Elle s'appuya au mur et poussa un profond soupir.

— Et les fenêtres? demanda Audrey.

— Inexistantes ou invisibles, répondit Tina. On est bel et bien coincées ici.

— J'ai une idée! dit soudain Audrey, le regard brillant. La femme, elle va bien revenir un jour, non?

Oui, approuvèrent les deux têtes silencieuses.

— Alors, on va l'attendre. Quand elle se pointe, on lui saute dessus, on la menace avec le couteau et on prend la fuite.

— Audrey, on n'est pas dans un roman de science-fiction!

— Tu as une meilleure idée, peut-être?

Tina réfléchit quelques instants:

— On pourrait peut-être lui tendre un piège. Pour la faire tomber, par exemple, quand elle entrera dans la maison.

— Un piège? Avec quoi? grogna Audrey encore un peu vexée. Il faudrait du matériel, un marteau, des clous, une corde, je sais pas moi. Elle a le temps de revenir cent fois.

— Elle a raison, Tina, dit Hélène. Il faut trouver un moyen plus rapide. Je reviens au couteau, c'est la meilleure solution. En tout cas, on peut essayer.

— D'accord, d'accord, si vous y tenez.

Mais qui va tenir le couteau? Pas moi, en tout cas. Ne comptez pas sur moi, répéta Tina en secouant farouchement la tête.

— Moi, dit Hélène. Je m'en occupe. Après ce qu'elle m'a fait, ce sera un vrai plaisir.

— Elle t'a malmenée? demanda Audrey. Torturée? Battue?

Hélène trouva le moyen de sourire :

— Non, rien de tel. En fait, c'est le contraire. Elle est plutôt gentille avec moi. Elle est allée me chercher tout ce dont j'avais besoin, un peigne, du shampooing. La nourriture est pas mal non plus. Mais elle me tient prisonnière, bon sang! Enchaînée à ce lit! Et ça, elle va le regretter. J'ai toujours peur qu'elle devienne subitement folle, s'amène et me tue. J'ai peur depuis trois jours.

— C'est terminé, à présent, fit Audrey doucement. C'est Nick qui va être content de te revoir.

— Vous l'avez vu?

— Bien sûr. Il est à moitié fou depuis que tu n'es plus là.

Et Tina raconta le reste de l'histoire, les blancs, les silences, bref, tout ce qui avait suivi la disparition d'Hélène.

— Il fallait voir ton père. Il s'est mis en

tête de retrouver Polly et de lui faire cracher la vérité.

— C'est bien lui, soupira Hélène. Je suppose que lui et Nick se sont encore querellés.

— Pas vraiment, la rassura Tina. Je pense que ton père...

— Chhhh! murmura Hélène tout à coup. J'ai entendu quelque chose.

Elle empoigna le couteau et fit signe aux filles de se placer derrière elle.

La clé tourna dans la serrure et la porte s'ouvrit lentement. Pas un murmure, pas un souffle. Tout à coup, Hélène fit un pas et brandit le couteau en direction de la femme, tout en s'éloignant de la porte.

— Entrez et fermez la porte derrière vous, ordonna Hélène d'une voix mal assurée. Et pas un faux mouvement! Je suis armée!

Sans paraître autrement impressionnée, Polly tira tranquillement son chariot dans le vestibule.

— Donne-moi ce couteau, ordonna-t-elle à son tour en tendant la main et en marchant sur Hélène.

— Restez où vous êtes! Je vous en prie! Ne me forcez pas à m'en servir.

La voix d'Hélène n'était plus qu'un murmure. La femme continua d'avancer. La main d'Hélène se mit à trembler et pendant un long, très long moment, les deux femmes restèrent immobiles l'une en face de l'autre, en se mesurant du regard. La main d'Hélène s'ouvrit d'elle-même et le couteau tomba par terre.

— Je ne peux pas! murmura-t-elle. Je ne peux tout simplement pas!

Audrey et Tina étaient restées immobiles, paralysées de terreur. Bon sang! Pourquoi avoir laissé tomber le couteau? Dans un même élan, les deux filles se ruèrent dessus, une fraction de seconde trop tard. Polly s'en était emparée et le brandissait sous leur nez.

— J'ai su que vous alliez me causer des ennuis dès le jour où je vous ai aperçues dans la pharmacie, gronda-t-elle en agitant toujours le couteau. À présent, suffit comme ça! Entrez là-dedans avant qu'il me prenne l'envie de me servir de ça!

Vaincues, Hélène et les deux filles regagnèrent la chambre à coucher à reculons. Polly tira vers elle une longue corde qui pendait du dais:

— À présent, ordonna-t-elle à Hélène après avoir coupé la corde en deux, attache-les au lit par les poignets. Et veille à ce que les nœuds soient bien serrés.

Hélène s'exécuta sans dire un mot. La femme vérifia les nœuds et parut satisfaite. Elle se tourna vers Hélène :

— À ton tour à présent !

Elle attrapa son sac, en sortit un flacon et un mouchoir. Elle secoua le flacon, le déboucha et en imbiba le mouchoir. D'un geste vif, elle s'empara d'Hélène et la maintint solidement par les cheveux, en plaquant le mouchoir contre sa bouche. Deux secondes plus tard, Hélène s'affaissait doucement par terre.

Audrey et Tina ne perdaient rien de la scène, les yeux agrandis par la peur. La femme sortit de sous le lit un immense sac de toile et s'approcha d'Hélène, toujours inconsciente. Elle saisit Hélène à bras-le-corps et entreprit de la faire glisser à l'intérieur du sac.

— Que faites-vous ? cria Tina.

— Je l'emmène là où personne ne pourra la trouver, répondit Polly. Elle restera avec moi jusqu'à la fin des temps. Elle sourit méchamment. Nous avons rendez-vous près de la chute. Nous avons rendez-vous ensemble, elle et moi, et personne d'autre.

Elle chargea le sac sur ses épaules et se dirigea vers la porte.

— Ne vous inquiétez pas, ajouta-t-elle sans même se retourner. Une fois dehors, je préviendrai la police pour leur dire où vous êtes. Enfin, si j'y pense.

Elle émit une sorte de gloussement et claqua la porte derrière elle.

Les compétitions venaient de prendre fin. Voulant gagner la foule de vitesse, les garçons se levèrent prestement et gagnèrent la sortie. Il était 16 heures 30 passées.

— Une seconde, Ted, fit Hal en ajustant son appareil pour prendre une photo de la cérémonie qui clôturait la journée.

Ted tapa du pied pour bien montrer son impatience. Hal continua, imperturbable, changeant lentille après lentille et prenant photo après photo. À la fin de la cérémonie, la foule se leva et se rua vers la sortie. Hal fourra son appareil dans son sac, après avoir pris soin de recouvrir la lentille de son couvercle, et alla rejoindre son cousin.

— Ça va, j'ai tout ce que je veux. J'ai un petit creux, je mangerais bien un sandwich avant de me taper le pavillon de l'agriculture. Pas toi ?

— On a déjà un quart d'heure de retard, figure-toi. Les filles ne vont pas nous attendre indéfiniment. Elles vont déguerpir et pour se retrouver, ça va être l'enfer.

— Oh, voyons donc ! Rien qu'un tout petit sandwich. *Subito presto.* Et puis, je vous paye la traite, tiens ! À toi et aux filles !

C'était tellement inusité que Ted ne put résister.

— Bon, d'accord. Mais on fait ça vite !

***

Il était presque 17 heures quand les garçons arrivèrent devant le pavillon de l'agriculture. Une odeur de fumier les assaillit dès l'entrée. L'endroit était bondé. La foule se déplaçait lentement de stalle en stalle pour admirer à loisir toutes les races de chevaux présentées. Comme Audrey et Tina ne se montraient pas, les garçons imitèrent la foule et firent le tour des stalles en manifestant bruyamment leur admiration.

Hal suggéra ensuite d'aller visiter l'enclos du bétail. Il voulait voir une race en particulier, les Simmental, dont il avait tellement entendu parler. Ted s'y opposa avec véhémence, brusquement inquiet à cause de l'absence prolongée d'Audrey et de Tina.

— Impossible, Hal. C'est pas normal que les filles soient pas encore là. Il faut absolument les retrouver.

Ils retournèrent en vitesse à l'entrée principale du pavillon. L'inquiétude avait fini par gagner Hal qui courait de tous les côtés à la fois.

— Je ne les vois nulle part, dit-il, haletant.

— Elles sont peut-être entrées pour le concours des 4-H.

Ted s'arrêta à la porte d'un vaste amphithéâtre à l'intérieur duquel un groupe de jeunes de leur âge examinait et évaluait le plus sérieusement du monde les veaux qui étaient exposés. Les garçons pénétrèrent dans l'amphithéâtre et scrutèrent attentivement chacun des visages.

— Zut! Elles doivent en avoir eu assez d'attendre et sont parties sans nous.

— Je te parie ce que tu voudras qu'elles n'ont même pas mis les pieds ici, s'esclaffa Hal. Sens-moi ça! Audrey a le nez bien trop sensible!

Ted sourit à son tour:

— Ouais! Tu dois avoir raison. Bon. Alors, puisqu'on peut rien faire d'autre, aussi bien suivre ta suggestion et aller voir le bétail.

De toute façon, j'imagine que les filles seront au rendez-vous de 18 heures 30, avec les parents.

Mais elles n'y étaient pas.

**

— Bon sang! Il est presque 19 heures, s'exclama monsieur Harper en consultant sa montre pour la centième fois en moins d'une demi-heure. Mais où peuvent-elles bien être?

— Elles doivent être en train de regarder une exposition et n'ont pas vu le temps passer, suggéra Ted sans grande conviction.

Il était carrément inquiet, à présent, et savait très bien que ses parents l'étaient aussi. Sa sœur n'était jamais en retard et ratait rarement un rendez-vous. Audrey peut-être, mais pas Tina.

Après un autre quart d'heure d'attente, madame Harper n'y tint plus et se leva:

— Retournons au stade, suggéra-t-elle. Peut-être que les filles ont mal compris et sont là à nous attendre.

Tout le monde se leva en bloc, trop heureux de rompre l'attente et de se rendre utile.

Mais là encore, aucune trace des filles. Ils examinaient chaque passant, jeune et moins jeune. Rien.

— Elles ne peuvent tout de même pas être à l'intérieur, dit monsieur Harper. C'est moi qui ai les billets.

À 19 heures 30, monsieur Harper déclara d'un ton décidé :

— Bon, ça suffit comme ça. J'appelle la police.

— Ils ne vont pas te croire, fit remarquer madame Harper en soupirant de découragement. Alerter la police pour deux filles perdues en plein Stampede. Ils vont te prendre pour un fou, si tu veux mon avis.

— Ils auraient tout intérêt à ne pas me prendre pour un fou, rétorqua monsieur Harper. Il y a un peu trop de coïncidences à mon goût ces temps-ci. Ils sont mieux de me croire.

Pendant qu'il s'éloignait, en quête d'un téléphone, madame Harper et les garçons s'installèrent sur un banc pour l'attendre. Ils ne songeaient plus ni à parler ni même à se rassurer. La peur s'était installée en eux et chacun la nourrissait à sa façon, selon ses tendances et ses penchants les plus secrets.

Madame Harper finit par se secouer. Elle se redressa et tendit une enveloppe à Hal.

— Ce sont les photos que tu as prises l'autre jour. Ton oncle les a fait développer et il est passé les prendre cet après-midi.

Sans attendre la réponse, elle se leva et se mit à arpenter la place nerveusement.

Hal déchira l'enveloppe et examina les photographies. Même son inquiétude présente ne parvenait pas à dissimuler l'impatience qu'il éprouvait à voir le résultat de tant d'efforts.

L'une après l'autre, il les passa en revue et les commenta brièvement avant de les passer à Ted. Mais Ted avait l'esprit ailleurs. C'est à peine s'il les regarda avant de les rendre à Hal en murmurant un vague : « Pas mal, pas mal. »

Hal en était à la dernière série quand ils virent monsieur Harper qui revenait en courant vers eux. Madame Harper alla audevant de lui.

— Alors ? Qu'est-ce qu'ils ont dit ?

— Tu avais raison, répondit-il rageusement. Ils nous conseillent de chercher nousmêmes et de demander aux agents de sécurité du parc de nous donner un coup de main. Si on n'a pas de nouvelles d'elles d'ici à 22 heures, et seulement à ce moment, je dois les rappeler.

— J'en étais sûre, fit madame Harper en réprimant un sanglot. Oh ! Georges, si jamais quelque chose est arrivé à Audrey ou à Tina, jamais je ne pourrai me le pardonner.

— Calme-toi, je t'en prie, fit monsieur Harper doucement. Il n'est encore rien arrivé, que je sache. Et peut-être que Ted a raison après tout: qu'elles sont occupées ailleurs et vont arriver d'un instant à l'autre.

Les deux garçons grimacèrent un sourire à son intention, histoire de la rassurer.

— Bien sûr, tante Grace, dit Hal. Tu les connais! Elles sont sans doute en train d'assister à une parade de mode super chic ou en pâmoison devant un groupe de chanteurs rock.

— Je ne demande qu'à te croire, si tu savais. Et maintenant, qu'est-ce qu'on fait?

— Je pense que la meilleure chose à faire serait de chercher chacun de son côté. Ou au moins de nous séparer en deux groupes. Les garçons, vous pourriez chercher du côté de l'agora et du centre Roundup. Grace et moi, on irait vers le Big Four et le Saddledome. On se rejoint ici dans une heure exactement. Si on n'a rien trouvé, je retourne à la police pour exiger qu'ils fassent quelque chose immédiatement.

— D'accord, dit Ted, ravi de mener sa propre enquête. Amène-toi Hal. On commence par l'agora.

L'agora était située à l'extrémité nord du

parc. Une chanteuse western y chantait les plus grands succès du répertoire. Ted et Hal se séparèrent et contournèrent l'agora chacun de son côté, en scrutant l'assistance à la recherche des visages familiers. Dix minutes plus tard, ils se rejoignaient derrière l'agora, la mine basse.

— Au tour du centre Roundup à présent, ordonna Ted. On procède de la même façon. Je prends un côté, tu prends l'autre. On examine chaque rangée et on se rejoint au foyer.

Vingt minutes plus tard, Ted revenait vers le foyer, plus découragé que jamais. Hal s'y trouvait déjà, installé sur un banc, en grande conversation avec un homme en jeans et veste de cuir, à qui il montrait ses photos, l'une après l'autre. Ted sentit la moutarde lui monter au nez.

— Sapristi, Hal! C'est bien le moment! Tu pourrais pas oublier tes maudites photos juste une minute? Tina et Audrey ont disparu et tout ce que tu trouves à faire, c'est de nous faire perdre un temps précieux avec... Oh, Salut, Nick, je t'avais pas reconnu...

— Salut, Ted. Hal m'a dit à propos des filles. Elles ne peuvent pas avoir disparu comme ça. L'endroit est vaste, c'est facile de se perdre.

Ted approuva mollement en regardant

Nick. Il avait les traits tirés et les yeux rouges.

— Rien qu'à te regarder, je devine que tu as pas de nouvelles d'Hélène, hein?

— Aucune, non. Et toi?

— Rien non plus.

Il prit place à côté de Nick et s'éclaircit la voix:

— Écoute. Je sais que ça peut paraître stupide, mais j'ai l'impression que la bonne femme au chariot est mêlée d'une façon ou d'une autre à tout ce qui arrive. En tout cas, c'est ce que croyait Tina dur comme fer. Ted fit une pose et se croisa la jambe. Ce que j'essaie de te dire, c'est que j'ai peur qu'Audrey et Tina aient vu cette femme ici même, au parc, et aient décidé de la suivre. Tina est assez folle pour avoir fait ça, je la connais. Et ça expliquerait pourquoi ni elle ni Audrey n'était au rendez-vous.

Nick contempla Ted un moment et secoua lentement la tête.

— Je suppose que c'est possible. Mais à quoi ça nous avance? La police ne sait même pas où habite Polly. Il se leva et regarda les deux garçons bien en face. J'allais me chercher une glace. Pourquoi ne pas m'accompagner? On pourrait parler de tout ça en mangeant et essayer de prendre une décision sur ce qu'on devrait faire.

— Génial ! s'écria Hal en se levant d'un bloc et en éparpillant toutes ses photos par terre.

Ted secoua la tête de découragement et se pencha pour aider Hal à les ramasser. Hal pestait contre la poussière qui allait endommager ses précieux chefs-d'œuvre, quand Ted s'aperçut qu'une des photographies était coincée sous le banc. Il s'en empara et allait la rendre à Hal quand ses yeux furent attirés par la photo. Il l'examina attentivement.

— Je vous parie que c'est elle, dit-il.

— Elle, qui ? demanda Hal en essayant de reprendre la photo.

Ted regarda Hal et Nick.

— Cette photo-là...

Hal baissa le nez sur la photo.

— Eh bien quoi ? C'est Amy. Je l'ai photographiée à son insu le jour où on a mangé tous ensemble. Qu'est-ce qu'elle a de particulier ?

— Regarde au fond. Vois-tu la femme avec un chariot ? C'est Polly-la-Vidangeuse.

— Et alors ? On le savait qu'elle était là ce jour-là. Tina l'a vue.

— Mais, comme par hasard, elle a disparu à la seconde où on s'est tournés vers elle pour la regarder.

— Ah oui. Je me souviens. Bizarre, en effet.

— Tu comprends pas, Hal ? Regarde la photo. Tu l'as prise juste après que Tina a aperçu la femme. Regarde. La femme est en train de se retourner pour partir. Elle a les yeux tournés vers en arrière, vers un point... On dirait une rue, ou une ruelle...

Hal s'empara de la photo et regarda à son tour.

— Ouais. Je vois ce que tu veux dire. Polly habite probablement dans ce coin-là.

— Allons-y, ordonna Nick en se dirigeant vers la sortie. Ma voiture est stationnée derrière le parc. On va vérifier tout ça.

— C'est là, un peu plus loin! s'écria Ted. Tu vois? Ça, c'est le restaurant où on a mangé l'autre jour.

Nick passa devant le restaurant et poursuivit son chemin jusqu'à la ruelle. Il s'engagea très lentement dans l'étroit passage sombre.

— Surveillez les alentours, les gars! Surveillez bien. Au moindre détail bizarre, prévenez-moi.

Il n'avait pas parcouru dix mètres que Hal s'écria:

— Là! Une porte! À droite. Entrouverte, à part ça.

Nick stoppa la voiture et se tourna vers les garçons:

— Je vais entrer. Seul. Ce pourrait être dangereux, alors je vous demande de rester ici et de m'attendre. Si je ne suis pas de retour dans cinq minutes, allez chercher de l'aide.

Ted et Hal hochèrent la tête, les yeux ronds. Nick sortit de la voiture et examina les alentours. Puis il se dirigea vers la porte et, après un moment d'hésitation, la poussa du pied et pénétra à l'intérieur de la bâtisse.

***

— As-tu entendu? murmura Tina.

— Quoi? J'ai rien entendu.

Audrey arrêta de sangloter, renifla et leva la tête pour écouter.

— Tiens! Encore! On dirait des bruits de pas!

Tina recommença à se tortiller et à se démener comme une diablesse, en essayant pour la centième fois de se défaire de ses liens. Combien de temps s'était écoulé depuis qu'elles étaient attachées là, elle n'aurait pas su le dire. Quelques heures à peine, mais quelques heures qui lui avaient paru des jours. Elle était mal en point : morte de soif et d'inquiétude, avec une furieuse envie d'aller à la toilette. Et si Polly n'avait pas prévenu la police? Il pourrait s'écouler des jours avant qu'on ne les retrouve. Des semaines, peut-être. Et si elles mouraient tout simplement, attachées au lit, avant que quelqu'un ait la bonne idée de venir les chercher ici?

Mais, à présent, il y avait une lueur d'espoir. Ces bruits de pas, elle les avait bel et bien entendus dans la pièce voisine. Polly peut-être? Soudainement prise de remords et revenue les libérer? Ou un passant, attiré par la porte entrouverte et poussant la curiosité jusqu'à pénétrer dans la maison?

Il y avait quelqu'un, là, tout près. Mais quelle que soit cette personne, il y avait aussi un danger et Tina le savait. Elle ravala sa peur et appela à voix haute:

— À l'aide! Nous sommes ici!

Les pas s'arrêtèrent une fraction de seconde et s'approchèrent précipitamment de la porte qui s'ouvrit toute grande. Un homme se tenait sur le pas de la porte, le regard un peu effaré.

— Nick! Ici! Sur le lit!

Tina criait de soulagement.

— Mais qu'est-ce qui s'est passé? cria Nick à son tour en se ruant vers le lit et en sortant son canif.

— C'est Polly! Elle a emmené Hélène! répondit Tina en massant ses poignets meurtris par la corde.

— Où sont-elles à présent?

— Aucune idée. Tout ce qu'elle a dit, c'est qu'elle emmenait Hélène là où personne ne pourrait la trouver.

— Mais... pourquoi?

Nick venait de libérer Audrey et remettait son canif en place.

— Aucune idée non plus, avoua Tina. Mais je mettrais ma main au feu qu'elles sont loin d'ici, en dehors de la ville en tout cas.

— Tina est folle, intervint Audrey. Elle s'imagine que Polly garde Hélène prisonnière comme une sorte de trophée qu'elle peut admirer à son aise.

— Ce serait un peu bizarre, en effet, dit Nick. Mais c'est une explication qui en vaut bien une autre, je suppose. En attendant, sortons d'ici et appelons la police au plus vite. En ce qui nous concerne, rien ne nous empêche d'enquêter de notre côté. Les gars nous attendent dans la voiture. Vite!

En apercevant Nick avec sa sœur, Ted sortit de la voiture à toute vitesse et se précipita à leur rencontre.

— Tina! Est-ce que ça va? Que vous est-il arrivé? On était tellement inquiets. Et cette bonne femme, qu'est-ce qu'elle vous voulait, au juste? Elle vous a fait quelque chose?

— Non, non, ça va. Ted. Tout va bien.

Pour l'instant, je n'ai besoin que d'une chose : une salle de bains, ajouta-t-elle en grimaçant un sourire. Ça presse !

— Et toi, Audrey, ça va ?

— Ouuii, répondit Audrey, incertaine. Je... je pense que oui. Mais j'ai eu la peur de ma vie.

— Polly a emmené Hélène, expliqua Nick en regagnant la voiture. Vite ! Un téléphone ! Il faut prévenir la police.

— Il y en a un au restaurant où on a mangé l'autre jour, déclara Ted. J'y vais à pied, ce sera plus rapide. On se rejoint devant l'entrée, ajouta-t-il en prenant ses jambes à son cou.

Quand ils arrivèrent devant le restaurant quelques minutes plus tard, Ted était suspendu au téléphone et gesticulait avec véhémence, comme s'il cherchait à convaincre son interlocuteur à l'autre bout du fil. Nick se précipita à l'intérieur du restaurant et s'empara du combiné. Il prononça quelques mots et raccrocha.

— On attend la police ici, annonça-t-il à Hal et aux filles. Venez ! On s'installe à l'intérieur. Vous aurez tout le loisir de nous raconter vos aventures en détail, les filles.

— Super ! Allons-y ! grogna Tina en se

précipitant hors de la voiture. Une toilette, vite! Une minute de plus et ma vessie éclate.

Les garçons durent patienter de longues minutes avant de voir réapparaître Audrey et Tina.

— C'est Tina qui a aperçu Polly et son fichu chariot quand on se promenait à bord du téléphérique, commença Audrey.

— Sapristi! l'interrompit Hal. On a oublié de prévenir tante Grace et oncle Georges qu'on vous avait retrouvées. Ils doivent être morts d'inquiétude à l'heure qu'il est!

— La police y a vu, dit Nick posément. Comme vous n'étiez pas au rendez-vous, monsieur Harper leur a téléphoné. À l'heure qu'il est, comme tu dis, ils sont déjà sûrement prévenus. Continue, Audrey.

Audrey et Tina poursuivirent le récit de leurs aventures en se relayant l'une l'autre.

— Ensuite, elle a enfoui Hélène dans un grand sac et l'a emportée sur son dos...

Tina s'interrompit en apercevant l'expression d'horreur qui défigurait le visage de Nick. Avant qu'il ait le temps de placer un mot, deux voitures de police se stationnèrent devant le restaurant et quatre policiers en sortirent. Monsieur et madame Harper les accompagnaient.

— Tous les postes de radio ont passé un bulletin spécial au sujet de Polly, annonça l'un des policiers. Sergent Gariola, ajouta-t-il en se présentant au petit groupe. Toutes les gares d'autobus et de train sont surveillées, de même que l'aéroport.

— Et les routes? s'enquit Nick.

— Surveillées aussi. Les routes principales, en tout cas. Elle a une bonne longueur d'avance sur nous, vous savez.

— Mais elle a pas de voiture, fit remarquer Ted. Et je mettrais ma main au feu qu'elle sait même pas conduire.

— C'est vrai, approuva Hal. Elle doit transporter Hélène en autobus. En plein son genre!

— En tout cas, on a fait tout ce qu'on pouvait. Il ne reste qu'à attendre, fit le sergent en se redressant et en allant rejoindre ses collègues. Mais en attendant, nous allons jeter un œil à la tanière de Polly. Peut-être qu'on y trouvera un ou deux indices. Il se tourna vers monsieur et madame Harper. Vous préférez nous attendre ici ou rentrer avec eux?

— Nous les ramènerons chez eux, intervint Nick. En se tassant un peu, on a de la place.

Le sergent leur fit un dernier salut et s'éloigna en direction de la ruelle.

— Il faut contacter Charlotte et le père d'Hélène au plus vite, dit madame Harper en s'engouffrant dans la voiture. La meilleure chose à faire serait d'aller tout droit à la maison et d'essayer de joindre monsieur Gaynor par téléphone.

— Bonne idée, fit Nick.

***

— J'arrive! aboya Gaynor en raccrochant le téléphone.

Charlotte Gaynor regarda les autres d'un air consterné. Le cauchemar continuait. Elle leur transmit le message sans rien ajouter, encore toute remuée par ce qu'elle venait d'apprendre au sujet d'Hélène.

— Si seulement j'avais été plus attentive, rien de tout ça ne serait arrivé, répétait-elle à tout bout de champ en essuyant une larme.

— Cessez de vous en faire, lui répondait madame Harper. Et, pour l'amour du ciel, arrêtez de vous sentir coupable.

— Je me sens tellement inutile, assise là sans rien faire. On devrait pourtant pouvoir faire quelque chose!

— C'est du ressort de la police, à présent,

lui dit Nick pour la rassurer.

— Ils doivent bien savoir où cette horrible bonne femme a emmené Hélène! Ils doivent avoir leur petite idée là-dessus, tout de même! Elle est connue dans le quartier, non?

— Ils ont peut-être découvert quelques indices en fouillant sa maison, dit Nick sans vraiment y croire. Du moins, je l'espère. Mais j'ai bien peur qu'ils ne sachent pas grand-chose de Polly, si ce n'est qu'elle s'est installée ici il y a un an, ou à peu près, et qu'elle vit d'expédients. En revendant divers objets de recyclage, par exemple. Des fonctionnaires de l'assistance sociale ont bien offert de lui venir en aide mais, à ce qu'on m'a dit, elle les a fichus à la porte dès qu'ils se sont présentés chez elle.

Ce n'était pas très rassurant, mais en tous points exact. Tout le monde resta songeur un moment, le temps d'imaginer tous les mauvais traitements que Polly pourrait faire subir à Hélène.

Ils furent tirés de leurs réflexions quelques minutes plus tard par monsieur Gaynor qui tambourinait contre la porte. Sans attendre qu'on vienne lui ouvrir, il fit irruption dans le salon en respirant bruyamment:

— Maudite police! marmonna-t-il en

s'affalant dans le premier fauteuil qui se trouvait près de la porte. Bande d'incompétents! Ils avaient réussi à mettre la main dessus et ils la laissent filer! Quand tout ça sera terminé, je vous en donne ma parole, ils vont entendre parler de moi. Les têtes vont tomber, ça, je vous le jure!

Comme mue par un ressort, Charlotte bondit de son siège et fondit sur lui. Elle s'arrêta aussitôt, brusquement paralysée par la crainte ou l'expression de son frère. Elle se rassit et se tassa sur sa chaise, misérable et de nouveau invisible.

— Résumons-nous, reprit Gaynor. La police, elle sait quoi au juste, et qu'est-ce qu'elle compte faire à partir de maintenant?

Nick prit son courage à deux mains et entreprit, avec l'aide des enfants, de lui faire un rapport circonstancié de leurs aventures.

— Je vois, fit Gaynor. Mais la bonne femme, elle a bien dû dire quelque chose qui pourrait nous mettre sur une piste. Creusez-vous les méninges, bon sang!

— Ça ne sert absolument à rien de crier, Arthur, intervint Charlotte d'un ton ferme. Sans les enfants, on ne serait pas plus avancés qu'hier et on ne saurait pas qui a kidnappé Hélène. À présent, au moins, la police sait qui rechercher.

Gaynor resta un instant sans voix. Sa sœur ne lui avait jamais parlé sur ce ton. Ni sa sœur ni personne d'autre, d'ailleurs. Il jeta un coup d'œil embarrassé aux Harper et se tourna vers Nick :

— Et vous, grogna-t-il, comment se fait-il que vous vous soyez retrouvé là ?

— J'ai rencontré les garçons au Stampede. Ils étaient à la recherche d'Audrey et de Tina. Quand Ted est tombé par hasard sur la photo où on voit Polly à l'arrière-plan, on est retournés à l'endroit où la photo avait été prise, au cas où il y aurait une piste par là.

— Ouais ! explosa Tina. Et si vous voulez le savoir, sans les photos de Hal et l'intelligence de mon frère, on serait encore là-bas, attachées à ce foutu lit !

Tina paraissait hors d'elle. Trop, c'était trop. Il était temps de ramener Gaynor à l'ordre. De lui faire comprendre qu'il n'était pas le seul être intelligent au monde !

Gaynor considéra un instant Tina sans rien dire. Puis son expression renfrognée se modifia insensiblement et une sorte de sourire un peu contraint flotta sur ses lèvres.

— Vous avez raison, jeune fille. Je crois bien qu'il était temps que quelqu'un me tienne tête.

Des yeux, il fit le tour de la pièce avant de

s'arrêter sur Hal. Il baissa les yeux et s'adressa à lui sur un ton légèrement penaud :

— Pourrais-je voir cette fameuse photo, jeune homme ? J'aimerais la voir, cette fichue bonne femme qui cause tant de problèmes à ma fille.

— Bien sûr, répondit Hal en fouillant dans ses poches. Mais si c'est vraiment Polly que vous voulez voir, j'ai bien mieux que ça. Je l'ai photographiée durant le défilé. En gros plan, à part ça. (Il passa rapidement les photos en revue et en tira une.) La voilà. Je l'ai photographiée avec mon zoom.

Gaynor s'empara de la photographie et la contempla un instant. De rouge, il devint blanc.

— Oh non ! prononça-t-il d'une voix lugubre.

Il contemplait toujours la photo en secouant la tête.

— Qu'est-ce qui se passe, Arthur ? fit Charlotte. Tu la connais ?

— Évidemment que je la connais, Charlotte.

Il poussa un profond soupir et s'adossa au fauteuil en fermant les yeux, livide.

— C'est la mère d'Hélène.

Chapitre 13

Brusquement, tout devint silencieux. On aurait pu entendre une mouche voler. Tous les yeux étaient tournés vers Gaynor. Sans crier gare, Charlotte bondit de son siège et s'approcha de lui.

— Voyons donc, Arthur! Ça n'a aucun sens, s'écria-t-elle. Elle se pencha vers lui et lui mit la main sur l'épaule. Angela est morte, tu le sais mieux que personne. Angela est morte il y a quinze ans!

— C'est Angela, répéta Arthur. C'est elle, sans l'ombre d'un doute. Je la reconnaîtrais n'importe où. Et elle n'est pas morte.

Charlotte s'empara de la photographie et l'examina attentivement.

— Il y a une certaine ressemblance, soit! Mais tu dois te rendre à l'évidence, Arthur. Angela est morte et bien morte. À quoi ça sert de le nier?

— Bon sang, Charlotte! Vas-tu finir par comprendre? Arthur se leva d'un bond et fixa sa sœur dans les yeux. Vous n'avez pas encore compris? Aucun de vous? Son regard balaya la pièce. Ma femme n'est pas morte. Elle m'a quitté, voilà tout. Et je ne l'ai pas supporté, voilà tout. Alors, j'ai inventé une histoire. J'ai fait accroire à tout le monde qu'elle était partie à cause d'une maladie, qu'elle se faisait soigner aux États-Unis et qu'elle était morte là-bas. Personne ne m'a jamais interrogé là-dessus. Angela n'avait ni famille ni amis, ça tombait rudement bien. Et en aucun cas, je ne voulais qu'Hélène grandisse avec l'idée que sa mère l'avait abandonnée. Je préférais encore qu'elle la croit morte.

— Incroyable! s'écria Charlotte. Tu n'arriveras jamais à me faire avaler ça, Arthur! Toutes ces années! Sans un mot de ta part. Tu n'as jamais cherché à la retrouver? Elle se laissa tomber dans un fauteuil. Non, vraiment! C'est trop!

— Mais comment se fait-il qu'Hélène n'ait pas reconnu sa mère? demanda Ted avant de trouver lui-même la réponse. Ah oui, bien sûr! Elle était trop jeune, c'est ça?

— Elle avait quatre ans seulement. Et sa mère a tellement changé, c'est pas croyable. C'était une belle femme, aussi belle qu'Hélène, mais plus grande. Elle a pris un sérieux coup de vieux, mais je l'ai reconnue tout de suite. Ses yeux, dit Gaynor à voix basse. Ses yeux si bleus. Il secoua la tête pour se ressaisir. Si seulement j'avais la moindre idée de l'endroit où elle a pu emmener Hélène. Essayez de vous rappeler, demanda-t-il à Tina et à Audrey. Elle n'a pas fait allusion à quelque chose, un endroit, n'importe quoi...

Les filles réfléchirent un instant.

— Tout ce qu'elle a dit, c'est qu'elle emmenait Hélène là où personne ne pourrait la trouver, répéta Tina. Ensuite, elle a marmonné quelque chose à propos d'une chute.

— Quoi! s'exclama Gaynor. Pourquoi ne pas l'avoir dit plus tôt? À présent, faites un dernier effort, les filles! Qu'est-ce qu'elle a dit exactement? Quels mots a-t-elle employés?

Audrey et Tina se concentrèrent quelques instants. C'est Tina qui parla la première:

— Elle a dit: «Je vais la garder pour moi toute seule, dans un endroit où moi seule pourrai la voir.» Ensuite, elle a grimacé un horrible sourire avant d'ajouter: «D'ailleurs, qui pourrait bien la retrouver en plein milieu d'une chute?»

— Le téléphone! hurla Gaynor. Il faut prévenir la police au plus vite!

— Dans la cuisine, répondit madame Harper, manifestement abasourdie, comme les autres, d'ailleurs. Mais en quoi le fait de savoir qui est Polly pourra les aider? Ils la connaissent de vue, c'est suffisant, non?

— Je sais tout ça, chère madame. Mais ce que la police ne sait pas encore, c'est où Angela — Polly, si vous préférez — a emmené Hélène.

— Et vous le savez, vous?

Monsieur Harper était plus que sceptique.

— À présent, oui.

Gaynor se dirigea vers la cuisine, la mine sombre. Il revint quelques secondes plus tard, la mine encore plus sombre.

— Le sergent n'est pas là. J'ai eu beau protester et essayer de faire comprendre au crétin qui m'a répondu que je devais parler à ce Gariola le plus vite possible, que c'était urgent, il m'a tout simplement rétorqué poliment, je l'avoue, qu'il ferait l'impossible pour que le message soit transmis au sergent dans les meilleurs délais. Bande d'incompétents! fulminait-il. Ça travaille toujours en vase clos, ce monde-là! Ça vous dirait d'enfreindre un peu les ordres? dit-il en se tournant vers Nick.

— Avec plaisir, répondit Nick.

— Alors on y va !

— Où ?

— Direction ouest. Par la Transcanadienne. Ensuite, on emprunte l'ancienne route qui longe Cochrane. De toute façon, je vous indiquerai la route. Mais il faut se grouiller. Il n'y a pas de temps à perdre. Rien qu'à penser à ce qu'elle peut faire à ma fille, je deviens fou.

— Mais Polly est la mère d'Hélène, risqua Tina. Pourquoi voulez-vous qu'elle lui veuille du mal ?

— Trop long à expliquer, rétorqua Gaynor en se précipitant dehors.

— Il a perdu la tête, ou quoi ? murmura Hal sans s'adresser à personne en particulier.

— Je ne crois pas, répondit Charlotte. Et il est bien possible, après tout, que tout ce qu'il nous a raconté soit la pure vérité.

— En tout cas, on ne perd rien à essayer, fit remarquer Nick en sortant à son tour.

— Hé ! Et nous alors ? protestèrent Ted et Hal en suivant Nick sur les talons.

Nick se retourna d'un bloc et éleva la main en signe de protestation.

— Pas question de nous accompagner, les gars. C'est trop dangereux.

— Voyons donc! protesta Tina à son tour. Le danger, c'est pas ça qui nous fait peur. D'ailleurs, le pire est passé et on en a vu d'autres. On vous accompagne.

Elle agrippa Audrey à l'épaule et se rua vers la porte.

— Un instant, les enfants! C'était au tour de monsieur Harper à présent. Il n'y a pas de place pour tout le monde dans la voiture de Nick.

— Mais papa..., gémit Tina. On a le droit d'être là quand ils retrouveront Hélène. On le mérite, il me semble. Après tout, ajouta-t-elle d'un air triomphant, sans nous, Hélène aurait pu disparaître à tout jamais.

— Les enfants ont raison, intervint madame Harper. Et je suis sûre que Charlotte aimerait être là, elle aussi, n'est-ce pas Charlotte? Georges, pourquoi ne pas prendre la voiture de monsieur Gaynor et emmener Charlotte avec toi? Moi, je vais rester ici et essayer de joindre le sergent Gariola, d'accord?

Ils finirent par se mettre d'accord. Nick emmènerait Arthur et les garçons. Monsieur Harper les suivrait dans la voiture d'Arthur avec, à son bord, Charlotte et les deux filles.

***

— À présent, dit Nick, je pense que j'ai droit à quelques explications, monsieur Gaynor. D'abord, comment pouvez-vous être aussi sûr de l'endroit où se trouve Hélène?

Ils roulaient sur l'autoroute à présent, vers l'ouest. Gaynor soupira et se tourna vers la fenêtre.

— Quand on a commencé à sortir ensemble, Angela et moi, dit-il après un moment, on faisait toutes sortes d'excursions dans les environs. On adorait le plein air, autant l'un que l'autre, et nos... fréquentations ont été régulièrement ponctuées de pique-niques, de randonnées à cheval, en voiture ou en bateau. Un jour, au cours de l'une de ces randonnées, on a découvert, assez loin des sentiers battus, une cabane abandonnée près d'une rivière et à moitié cachée par une énorme chute. C'était plus qu'une cabane, en fait. Une petite maison de construction plutôt robuste, mais qui n'avait visiblement jamais été entretenue. On est tombés en arrêt devant elle et on s'est promis que, quand on serait mariés, on essayerait de découvrir le propriétaire de la maison pour l'acheter. Pour nous, c'était comme une sorte d'oasis, comprenez-vous? Un refuge contre le monde entier.

Il s'interrompit tout à coup pour s'éclaircir la gorge et s'essuyer les yeux.

— Sauf que l'oasis, on ne l'a jamais eue.
C'est toujours la même chose. Trop de choses
à faire, tout le temps. Je passais toutes mes
journées au ranch et Angela était laissée à
elle-même. Après la naissance d'Hélène, la vie
est redevenue un peu plus normale. Mais on
a agrandi. Le ranch voisin du mien était à
vendre et l'ancienne vie est revenue : travail,
travail et encore travail. Je me levais, je travaillais, je mangeais, je dormais. Et les choses
n'allaient pas comme prévu. À un certain moment, j'ai même pensé perdre les deux
ranchs. Je suppose que vivre avec moi n'était
pas la chose la plus drôle au monde. On
n'avait jamais d'argent pour se faire plaisir,
pour acheter des vêtements, voyager, tout ce
qu'Angela aimait, en fait. Toujours est-il
qu'après un certain temps, j'ai commencé à
trouver qu'elle se comportait bizarrement.
Elle se parlait toute seule, ne prenait plus
soin d'elle, avait toujours l'air distraite... Les
disputes ont commencé. Je la suppliais de se
reprendre, de s'occuper, mais rien ne
changeait. Un jour, en rentrant à la maison, il
était tard, je l'ai trouvée effondrée dans un
fauteuil, le regard vague. Hélène était par
terre à ses pieds ; elle était sale, affamée et
criait à tue-tête. À côté d'elle, il y avait un
énorme couteau de cuisine ; Angela avait dû
l'échapper, j'imagine. Alors, j'ai perdu

patience et je lui ai dit de ficher le camp... de ne plus revenir. J'ai pris Hélène dans mes bras et j'ai quitté la maison en coup de vent. Je pensais qu'en l'emmenant en ville pour manger, j'arriverais à me calmer. C'est là que j'ai compris que ma femme avait besoin d'aide et je me suis promis d'appeler notre médecin de famille dès le lendemain. Mais quand je suis retourné à la maison avec Hélène, deux heures plus tard, Angela était partie.

— Mais vous n'avez pas cherché à la retrouver? demanda Ted.

— Et comment que j'ai cherché! J'ai pris tous les moyens: détectives privés, tous les trucs du genre, mais elle était introuvable. Volatilisée! Mais je reste persuadé que, même si j'étais parvenu à la retrouver, elle n'aurait jamais accepté de revenir à la maison. C'était trop tard. Entre nous, c'était... fini.

— Et Hélène? Angela est partie comme ça sans essayer de revoir sa fille? demanda Nick. C'est difficile à croire.

— Elle devait se rendre compte qu'elle ne pourrait pas s'en occuper décemment. Elle a peut-être pensé revenir un jour pour la revoir mais, voyez-vous, elle n'était déjà pas normale à cette époque. Je pense qu'elle n'avait déjà plus toute sa tête.

Il soupira encore et s'adossa à la banquette dans un mouvement d'abandon. Il se redressa presque aussitôt.

— C'est là, devant. Prenez cette route, là. On peut rouler sur quatre kilomètres; après, on fait le trajet à pied.

— Il y a quelque chose qui cloche, dit Ted pensivement. Comment Polly — je veux dire Angela — a pu traîner Hélène jusqu'ici? Elle a sûrement pas de voiture.

— Elle a dû en voler une, fit Nick. Une voiture avec la clé dedans. Pendant le Stampede, c'est tellement facile de voler une voiture. Les gens fêtent et sont distraits.

Ils continuèrent à rouler en silence. La route était déserte et presque impraticable. Quelques minutes plus tard, Arthur fit signe à Nick de ralentir.

— Voilà la rivière. On devrait apercevoir la chute au prochain tournant. Si elle a vraiment réussi à se rendre jusqu'ici, elle ne doit pas être bien loin. Alors soyons prudents, elle pourrait nous entendre. Il faut absolument la prendre par surprise.

Nick rangea la voiture sur le bas-côté et éteignit le moteur. Les Harper firent de même quelques mètres plus loin.

— Où est-ce qu'on va maintenant? demanda monsieur Harper en rejoignant Nick et le reste de la bande.

— On fait le reste à pied, répondit Arthur. Elles ne sont peut-être même pas là. Il avait les traits tirés et avait l'air découragé. Je me suis peut-être trompé depuis le début. Elle a peut-être tout oublié, la cabane, la chute, tout.

— Il n'y a qu'un moyen de le savoir, dit Nick en commençant à monter la côte. Attendez-moi ici, je vais jeter un coup d'œil.

Il disparut derrière la courbe. Une minute s'écoula, puis deux. Arthur commençait à s'agiter et fit mine de se lancer sur les traces de Nick. Monsieur Harper l'arrêta d'un geste.

— Attendez encore un peu. Il va revenir.

Nick réapparut au même moment et revint sur ses pas en leur faisant signe de garder le silence, un doigt sur les lèvres. Le groupe se dirigea lentement vers lui.

— Il y a une voiture plus haut, cachée derrière un bouquet d'arbres. Jamais je ne l'aurais vue si je ne l'avais pas cherchée. On dirait qu'il n'y a personne autour, mais il y a des traces de pneus très étroits qui s'éloignent de la voiture.

Ils suivirent Nick jusqu'en haut de la côte et le long du sentier qui tournait presque à angle droit. Nick leur indiqua l'endroit où était cachée la voiture et ils s'en approchèrent en silence. Les traces menaient tout droit à un cours d'eau peu profond. Quinze mètres plus haut, une immense chute déversait ses eaux avec fracas.

— La cabane est là-haut, derrière le bouquet d'arbres que vous voyez là-bas, dit Arthur en leur indiquant l'emplacement. Elle a dû transporter Hélène dans une petite voiture ou quelque chose du genre.

— Le chariot! firent ensemble Audrey et Tina.

Arthur hocha la tête et se dirigea vers la rivière.

— Donc elles sont là, dit-il. C'est forcé. J'espère seulement qu'il n'est pas trop tard.

Les traces de roues s'arrêtaient là et le chariot abandonné reposait dans l'eau, à moitié immergé. Arthur traversa le cours d'eau en faisant signe aux autres de le suivre, et entreprit d'escalader le raidillon qui menait en haut de la chute, près du bouquet d'arbres.

— On ne me fera jamais croire que Polly a pu hisser Hélène jusque-là, haletait monsieur Harper en se laissant tomber auprès d'Arthur.

— Les gens désespérés ont des réserves d'énergie qu'ils ne soupçonnent même pas, répondit Arthur. Et Angela est désespérée.

Une fois en haut, la fraîcheur les enveloppa soudain, la fraîcheur et la pénombre des ormes pressés l'un contre l'autre à proximité de la chute.

— La cabane est un peu plus haut, dit Arthur en désignant un emplacement plus loin. On ne la voit pas à cause des ar...

— Que personne ne bouge !

La voix était impérieuse et dure. Le groupe obéit et s'immobilisa instantanément, à l'exception d'Arthur qui se retourna d'un bloc.

— Angela ! Pour l'amour du ciel ! Qu'est-ce qui t'arrive ?

Elle pointa son fusil vers lui en criant :

— J'ai dit « que personne ne bouge ! » Retourne-toi à présent !

Il fit mine de s'approcher d'elle, mais Nick saisit son bras au passage et le poussa en arrière.

— Voilà qui est mieux, fit la femme. Les mains en l'air, tout le monde, et en route !

Ils franchirent ainsi les quelques mètres qui les séparaient encore de la cabane. Elle était située dans une clairière et la lumière contrastait étrangement avec la pénombre des arbres.

— Ouvrez calmement la porte et entrez, ordonna la femme.

Ils obtempérèrent et se retrouvèrent dans une grande pièce au plancher sale, chichement meublée.

— Retournez-vous, à présent. Angela se tenait dans l'entrée, le fusil à la main, et souriait méchamment. Vous pensiez m'avoir, pas vrai? Tromper cette bonne vieille Polly! Non, mais pour qui vous prenez-vous? J'ignore qui vous êtes, mais vous allez très bientôt regretter de vous être mis en travers de ma route!

— Angela! Tu me reconnais? C'est moi, Arthur!

Elle fixa l'homme qui se tenait devant elle avec une expression d'angoisse.

— Mmm. Je ne connais aucun Arthur. Elle regarda les autres un après l'autre. Vous deux! dit-elle en pointant son fusil en direction de Tina et d'Audrey. C'est vous les morveuses qui êtes venues fourrer votre nez chez moi? Je croyais pourtant vous avoir solidement attachées.

Les deux filles étaient muettes de stupeur.

— Eh bien, tant pis. Cette fois, ce ne sera pas aussi facile de vous enfuir, croyez-moi.

— Qu'avez-vous fait d'Hélène? demanda Nick.

Angela pivota vers lui et le fusilla du regard. La haine déformait littéralement ses traits.

— C'est vous sur la photo, hein? L'homme qui allait m'enlever ma fille pour la garder prisonnière. Exactement comme il l'a fait, lui. Mais ça n'arrivera pas! Tant que je serai là, ça n'arrivera pas. Pas question que ma fille traverse le même enfer. Aucun ami, pas d'amour. Elle laissa errer son regard un instant. Je le prenais pour un dieu et en réalité, c'était un démon, un monstre.

— Angela ! Je t'en prie ! la suppliait Arthur. Ne fais pas ça, je t'en prie. Je ne voulais pas te faire de mal. Je t'aimais.

— La ferme ! Des mensonges, tout ça ! Tous les hommes sont des menteurs. Tous !

— Angela, chérie, murmura Charlotte dans un souffle. Je t'en supplie, dis-nous où se trouve Hélène. Elle ne court aucun danger, voyons, tu n'as pas besoin de la protéger.

Angela se tourna vers elle et fronça les sourcils :

— Charlotte Gaynor ! Espèce de vieille chouette ! Qu'est-ce que tu comprends à tout ça, toi ?

Le groupe formait un demi-cercle assez large. Audrey et Tina étaient placées de telle sorte qu'en s'adressant à Charlotte, Angela leur tournait le dos.

— Elle a reconnu la tante d'Hélène, souffla Tina. Je parie n'importe quoi qu'elle a reconnu monsieur Gaynor aussi.

Audrey approuva et ouvrit la bouche pour répondre.

— Vous deux, là ! Silence !

Angela pivota et pointa son fusil sur Tina.

— Que comptez-vous faire de nous? demanda monsieur Harper d'une voix calme pour détourner l'attention d'Angela.

— Vous le verrez bien assez tôt!

Elle brandit de nouveau son fusil:

— Tout le monde à plat ventre par terre, à présent! ordonna-t-elle.

Tout le monde obtempéra.

— Et plus un geste! Je vous tiens en joue!

Personne ne broncha. De l'endroit où ils étaient couchés, il était impossible de voir Angela. Une minute passa, puis une autre. Ils décelèrent un léger mouvement: Angela se déplaçait sans doute. Puis plus rien. Deux minutes plus tard, Ted, qui n'en pouvait plus, leva la tête et regarda en direction de la porte. Elle était fermée et Angela avait disparu.

Il sauta sur ses pieds:

— Elle est partie, cria-t-il en courant vers la porte.

Il agrippa la poignée, qui lui resta dans les mains. Les autres s'étaient agglutinés près de la porte. Nick empoigna doucement Ted et le poussa à côté. Il eut beau essayer de replacer la poignée, la porte refusait tout net de s'ouvrir.

— Verrouillée de l'extérieur, évidemment! dit Nick en examinant la pièce à la recherche d'une autre issue.

— Il y a une fenêtre au fond! dit Arthur, mais elle est sûrement trop petite.

Le groupe se rua vers Arthur qui s'acharnait déjà sur une espèce de panneau de bois complètement déformé par l'humidité. Le panneau résista un moment avant de céder.

— C'est bien trop petit, grogna Ted en considérant l'ouverture. Personne ne peut passer là.

— Moi, je peux, dit Audrey calmement. Mes hanches et mes épaules sont anormalement étroites et comme articulations, on ne fait pas mieux, je vous assure — le ballet et la gymnastique, sans doute.

— Pas question! s'écria Gaynor. C'est trop dangereux. Angela n'est sûrement pas loin et je te garantis que si elle te voit en train de t'enfuir, tu y passes.

Ignorant l'avertissement, Audrey tira une chaise sous la fenêtre et se glissa à l'extérieur.

Un moment plus tard, elle était devant la porte. Un léger crissement, le frottement du métal contre le bois, et la porte s'ouvrit toute grande. Une Audrey radieuse et triomphante se tenait devant eux.

— Sapristi! Tu m'épates, fit Ted. Je ne t'aurais jamais crue capable de faire ça!

— Il y a plein de choses dont tu me crois pas capable, Ted Harper, rétorqua-t-elle en souriant. Je suis pas seulement une jolie fille, tu sais!

— Vite! Il faut retrouver Angela avant qu'il arrive quelque chose à Hélène, s'écria Arthur.

— Elle ne va tout de même pas s'en prendre à sa propre fille? demanda monsieur Harper.

— Elle est prête à n'importe quoi pour sauver Hélène de ce qu'elle croit être un enfer, répondit Gaynor. Si elle a été capable de l'enlever et de l'amener jusqu'ici, elle est capable de n'importe quoi. Il y a des gens qui tuent leurs propres enfants dans des cas comme ça. Malades, évidemment, mais Angela aussi est malade. Alors, dépêchons-nous avant qu'il ne soit trop tard.

— Dépêchons-nous, dépêchons-nous! grogna Charlotte. Mais que veux-tu qu'on fasse?

— Qu'on se sépare et qu'on parte à sa recherche chacun de son côté, répondit Nick. Elle est peut-être déjà loin.

— C'est ça, approuva monsieur Harper. Mais il faut faire vite, la noirceur s'en vient.

155

Elle va être de plus en plus difficile à repérer dans le noir. Madame Gaynor, vous et les enfants, attendez-nous ici dans la cabane. Verrouillez bien la porte au cas où il lui prendrait la fantaisie de revenir. Moi, je vais vers le nord, monsieur Gaynor, direction ouest et toi, Nick, tu retournes d'où on vient pour voir si la voiture est toujours là.

Les hommes partis, Charlotte et les jeunes se rassemblèrent devant la cabane.

Après un temps qui lui parut interminable, mais qui ne dura en réalité que quelques minutes, Ted s'écria :

— Impossible de rester ici à se tourner les pouces. Faites ce que vous voudrez, moi j'y vais. Viens-tu, Hal ?

— Chuuut ! fit Tina, un doigt sur les lèvres. J'ai entendu quelque chose.

Silence.

— Encore. Ça vient d'en arrière. Vite ! Tout le monde en dedans !

En moins d'une seconde, la porte fut refermée. À travers une fente, ils virent Angela déboucher sur le côté de la cabane. Elle avait jeté la toile sur son épaule gauche et le fusil était coincé sous son bras droit.

— On fait quoi maintenant ? demanda Tina dans un souffle.

— Quelle question! On la suit, bien sûr, répondit Ted. Le paquet sur son épaule, c'est Hélène évidemment, toujours en vie évidemment, sinon pourquoi est-ce qu'elle prendrait toutes ces précautions pour la transporter?

Au moment où Angela pénétrait dans le bois, les garçons sortirent de la cabane pliés en deux et prirent Angela en chasse, en ayant soin de laisser une bonne distance entre elle et eux.

Imperturbable, Angela avançait toujours sans regarder en arrière et arriva en un rien de temps en haut de la chute.

Les garçons la suivaient avec peine et durent se cacher derrière un gros sapin pour vérifier sa position. Pendant un instant, ils crurent avoir perdu sa trace. Stupéfaits et horrifiés, ils l'aperçurent de nouveau, debout sur l'arête, là où le torrent déverse ses eaux dans le ravin.

Impassible et totalement concentrée, Angela appuya son fusil contre le talus et déposa son fardeau par terre.

— Ted, elle va précipiter Hélène dans la chute! souffla Hal. Qu'est-ce qu'on fait?

Ted avait le cerveau en ébullition. Il lui fallait à tout prix prendre Angela par surprise et s'emparer du fusil. C'était la seule façon de l'effrayer et de lui faire abandonner Hélène là où elle était. Si elle le voyait venir, Angela aurait tout le temps d'agir avant que Ted ne puisse intervenir et sauver Hélène d'une chute qui lui serait fatale. C'était la surprise ou rien du tout. Il n'y avait pas à hésiter.

La chance était de son côté : Angela semblait éprouver des difficultés à ouvrir le sac. Précieuses secondes pour Ted.

— Hal, essaie de t'approcher d'elle en faisant le tour par-derrière. Une fois tout près, essaie d'attirer son attention d'une façon ou d'une autre pour que je puisse mettre la main sur le fusil.

Hal s'exécuta et, un moment plus tard, Ted l'entendit crier, puis vit Angela se retourner, stupéfaite. Sans perdre une seconde, il s'élança vers le fusil. Au moment où il allait l'atteindre, il trébucha et perdit l'équilibre. Avant de comprendre ce qui lui arrivait, il déboula en bas de la pente.

Sa chute fut stoppée à mi-chemin par un léger renfoncement du terrain. Son genou saignait et il ressentit une douleur vive au poignet. Une foulure. Il réussit tant bien que mal à se remettre sur ses pieds et s'apprêtait à remonter quand il vit Angela devant lui, le fusil braqué sur sa poitrine.

Chapitre

15

Ted la considéra un instant, paralysé par la peur. Elle se dirigea lentement vers lui. Du coin de l'œil, il distinguait vaguement le gros paquet recouvert de toile qui reposait en équilibre précaire sur un rocher, à quelques centimètres de la chute. Un mouvement, une vibration un peu forte, et c'en était fait d'Hélène.

— Madame Gaynor, je vous en supplie, ne tirez pas sur moi. Tout ce que je veux, c'est venir en aide à Hélène.

— Hélène n'a aucun besoin de ton aide, jeune homme. C'est moi qui prends soin d'elle à présent. Elle est en sécurité maintenant, jusqu'à la fin des temps. Jamais elle ne souffrira ce que j'ai souffert.

Elle se rapprochait toujours.

— Désolée pour toi, tu n'aurais pas dû t'en mêler. Je n'ai rien de spécial contre toi ni contre ton escorte là-bas, dans la cabane, mais tu ne me laisses guère le choix.

Elle éleva le fusil à la hauteur de ses yeux et mit Ted en joue.

Tout se passa en un éclair. Ted vit la toile commencer à s'agiter doucement. Un mouvement de plus et son précieux contenu basculait. Puis, derrière Angela, Hal apparut et, presque au même moment, Ted vit la tête de Nick au-dessus du talus, sur la droite.

Il n'y avait qu'une seule chose à faire : continuer à parler pour laisser à Nick le temps d'atteindre Angela.

— En sécurité par rapport à quoi ? demanda-t-il dans un sursaut d'espoir.

— Par rapport à ce qu'elle s'apprêtait à faire et que j'ai vécu, moi. Et je n'aurais laissé faire ça pour rien au monde.

Angela abaissa le fusil en continuant à se déplacer. Ted aperçut ses yeux et, à l'étrange lueur qui brillait au fond, il comprit qu'elle était folle.

— Reine ! poursuivait Angela, comme pour elle-même. Elle paradait partout. Il fallait arrêter ça. J'ai fait la même chose à son âge et qu'est-ce que ça m'a donné ? Rien. Absolument rien, sauf de la misère. Ensuite, j'ai appris par les journaux qu'elle était presque fiancée. Un éleveur de bœufs dans un ranch! Comme son père. Elle eut un rire sans joie et fixa Ted de nouveau. Je sais, je sais, la fille qui paye pour les erreurs de la mère. Elle aurait fini exactement comme moi. Mais ça ne se fera pas, j'y ai vu. Et personne ne pourra m'arrêter.

Elle éleva le fusil de nouveau, mais trop tard. Nick avait atteint le talus et, d'une poussée brusque, fit déraper son bras au moment où elle appuyait sur la gâchette. Le coup partit et la balle se perdit dans les airs. Hal se rua vers la toile et l'agrippa au moment où elle basculait hors de sa plate-forme. Angela laissa tomber le fusil et, d'un mouvement brusque, se dégagea de l'étreinte de Nick et courut vers le talus. Nick et Ted s'élancèrent à sa poursuite mais, plus rapide qu'eux, Angela avait déjà atteint la toile. Elle repoussa Hal d'une main et de l'autre, tira le lourd fardeau jusqu'au milieu de la rivière, puis le poussa vers la chute. Au moment où Nick et Ted la rejoignaient, elle largua le sac.

— Trop tard! cria Angela.

Nick était déjà sur elle. Il la poussa violemment et agrippa le sac au moment précis où il allait dégringoler en bas. Angela s'était relevée et se ruait vers lui quand son pied glissa sur une roche. Pendant une seconde, elle resta en équilibre au-dessus de la chute et, avant que quiconque puisse faire le moindre geste pour lui venir en aide, elle bascula au fond du ravin.

Quand ils arrivèrent près d'elle quelques minutes plus tard, son corps reposait dans l'eau, recroquevillé sur lui-même.

Nick la sortit de l'eau, se pencha au-dessus d'elle et tâta son cou :

— Elle est morte, dit-il simplement.

— Qu'est-ce qui se passe par là ? cria une voix. Arthur Gaynor et Georges Harper sortaient du bois. On a cru entendre un coup de feu.

Arthur accourut vers l'endroit où reposait sa femme.

— Elle est… ? demanda-t-il, haletant.

— J'en ai bien peur, murmura Ted.

— Oh, Angela !

Il tomba à genoux à côté d'elle.

Au même moment, Nick arrachait les agrafes qui fermaient la toile. « Mon Dieu, faites qu'elle soit saine et sauve », grognait-il, fébrile. Les agrafes cédèrent et Nick prit Hélène dans ses bras, la déposa délicatement par terre, inerte et inconsciente.

Gaynor était déjà à ses côtés.

— Comment est-elle?

Sans attendre la réponse, il poussa Nick de côté et se pencha sur le corps de sa fille en l'appelant doucement:

— Hélène, Hélène, réveille-toi, je t'en supplie.

Il continua à lui parler en lui tapotant doucement les joues. Charlotte et les deux filles apparurent à leur tour. Elles aussi avaient entendu le coup de feu.

Charlotte aperçut Hélène et prit la situation en main.

— Pousse-toi, Arthur, ordonna-t-elle.

Elle se pencha sur Hélène, tâta son pouls, souleva ses paupières et écouta son cœur.

— Elle est vivante, mais les battements sont irréguliers. Le mauvais traitement et le manque d'air, sans doute. Et le choc surtout. Il faut l'emmener à l'hôpital sans tarder.

Toujours silencieux, Nick souleva Hélène et se tourna vers monsieur Harper:

— Monsieur Harper, pourriez-vous aller chercher la voiture et l'approcher le plus près possible, s'il vous plaît?

Il descendit le talus et traversa la rivière, Charlotte et Arthur sur les talons.

— Et Angela? s'enquit Ted. On peut pas

la laisser ici comme ça.

— On enverra quelqu'un dès qu'on sera en ville, répondit Charlotte. Pour l'instant, il n'y a qu'Hélène qui compte.

Nick déposa tout doucement Hélène sur la banquette arrière et s'installa à côté de monsieur Harper. Charlotte prit place à côté d'Hélène pour la surveiller. Au moment où la voiture démarrait, on entendit un vrombissement et une autre voiture apparut au tournant de la route dans un hurlement de sirène.

— Grands dieux! La police! s'écria Charlotte.

La voiture se gara et le sergent Gariola en sortit, avec un autre officier. Nick les mit rapidement au courant des derniers développements.

— On doit faire vite à cause d'Hélène, comprenez-vous? Pouvez-vous nous escorter jusqu'en ville?

— Et comment! Allons-y!

Gariola regagna sa voiture et démarra en trombe, suivi de près par monsieur Harper.

Arthur se tourna vers les enfants:

— Montez, vite! fit-il. J'ignore si j'arriverai à quelque chose avec cet engin qui sert de voiture à Nick, mais je peux toujours essayer.

***

Madame Harper faisait les cent pas sur la véranda quand son mari et les enfants arrivèrent une heure plus tard.

— Qu'est-ce qui s'est passé? s'écria-t-elle en se précipitant à leur rencontre. Est-ce que la police vous a trouvés? Je leur ai indiqué l'endroit du mieux que j'ai pu.

Ils sortirent l'un après l'autre de la voiture, las et fourbus. Monsieur Harper serra sa femme contre lui.

— C'est terminé, chérie. Hélène est sauve. Elle est à l'hôpital, mais devrait pouvoir sortir dès demain. Son père et sa tante sont auprès d'elle. Nick aussi, bien entendu.

Il se dirigea vers la maison, en tenant toujours sa femme contre lui.

— On va tout te raconter dans le menu détail une fois qu'on sera à l'intérieur. Mais pour l'instant, tu sais ce qui me ferait envie? Les enfants, je ne sais pas, mais moi, c'est une bonne tasse de chocolat chaud.

C'était déjà lundi et le séjour prenait fin. Hal et Audrey étaient sur le point de monter à bord de l'avion pour s'en retourner à Toronto. Il y avait foule autour d'eux : Tina et Ted, monsieur et madame Harper, Amy et Rhonda, Arthur et Charlotte, Hélène et Nick.

— Flûte ! J'aimerais retourner en arrière et arriver au lieu de partir, soupirait Audrey. J'arrive pas à croire que les deux semaines ont passé aussi vite.

— Ouais, approuva Hal. Ça a été les plus belles vacances de ma vie.

— Les plus épeurantes aussi, ajouta Audrey.

— O.K. à présent, tout le monde ensemble pour la photo de groupe, ordonna Hal en ajustant son appareil. La photo d'adieu.

— C'est pas vrai ! s'exclama Tina. Pas encore. Tu en as pas déjà assez pris de tes abominables photos !

— Non, rétorqua Hal. N'empêche que si ça n'avait pas été de mes « abominables » photos, comme tu dis...

— Tu as cent fois raison, intervint Hélène en souriant. Sans tes abominables photos, je ne serais sans doute pas ici.

Nick tressaillit et enveloppa Hélène de ses bras :

— C'est de l'histoire ancienne, murmurat-il à son oreille.

— Je n'arrive pas à me faire à l'idée que ma propre mère a essayé de me tuer, reprit Hélène quand Hal eut fini de prendre ses photos. Je n'y arriverai jamais.

— Ta mère n'était plus elle-même, Hélène, dit son père. Elle était malade, comprends-tu ? Dans sa tête, elle ne te faisait pas de mal ; au contraire, elle croyait faire ce qu'il y avait de mieux pour toi. Rappelle-toi toutes ces coupures de journaux que la police a trouvées chez elle, tous ces articles sur toi. Imagine sa surprise quand elle a découvert que la reine du Stampede était nulle autre que sa propre fille, celle qu'elle avait abandonnée des années auparavant. Il y avait de quoi la rendre folle.

Hélène hocha la tête et se serra contre Nick.

— C'est bizarre mais, depuis le début, je sentais comme... un courant entre nous. Souvenez-vous, ajouta-t-elle en se tournant vers Audrey et Tina. L'autre jour, chez elle, quand j'avais le couteau à la main et que je n'osais pas m'en servir contre elle. Comme si je sentais un lien entre nous, comme si je sentais qu'elle était plus qu'une simple bonne femme un peu dérangée.

Silence total. Ils revivaient, chacun à leur manière, les événements des derniers jours. C'est Hal qui rompit le silence:

— Bon, et alors? Le mariage, c'est pour quand?

— Pas avant le printemps prochain, répondit Hélène. Et vous êtes tous invités.

— Sûr! renchérit Nick. Et je vous annonce déjà que Hal sera le photographe officiel.

La figure de Hal s'épanouit de contentement, comme si on venait de lui apprendre qu'il avait gagné la médaille d'or aux Jeux olympiques.

— On fêtera ça au ranch, dit monsieur Gaynor. Et nous aimerions beaucoup que vous veniez tous, les enfants, et que vous passiez quelques jours avec nous après le mariage. On va se sentir un peu seuls une fois qu'Hélène sera partie, même si elle sera tout près. Il enveloppa sa fille d'un regard fier. Ça a été une expérience terrible pour nous tous, surtout pour toi ma chérie mais, tout compte fait, l'histoire finit bien. Oh! Je ne parle pas de la mort d'Angela évidemment, s'empressa-t-il d'ajouter. C'est un drame horrible. Mais ça m'a ouvert les yeux à ton sujet. Jamais je ne pourrai me pardonner toute la peine que j'ai dû faire à Angela, mais au moins je ne risque pas de répéter les mêmes erreurs.

— Ouais, approuva Hal. Disons que tout est bien qui finit bien. Nick a remporté le championnat de rodéo, Hélène a repris son rôle de reine du Stampede et nous, on a fini par le voir, ce fameux spectacle!

— L'avion est prêt à partir, intervint monsieur Harper. Vous feriez mieux de monter à bord si vous ne voulez pas qu'il décolle sans vous.

Audrey fit ses adieux en embrassant tout le monde. Hal fit les siens en se contentant de serrer les mains. Apparemment, une telle retenue ne faisait pas l'affaire d'Amy. Elle se pencha vers Hal et lui plaqua deux baisers retentissants sur les joues. Hélène et Rhonda en firent autant. Hal en fut tellement secoué qu'il en échappa sa caméra et ne trouva rien de mieux à faire que d'entrer en collision avec Amy qui s'était penchée pour la ramasser. Tout finit par rentrer dans l'ordre, mais la scène avait provoqué chez Ted et les filles une telle hilarité qu'ils crurent ne pas pouvoir se rendre jusqu'au portillon d'accès.

Une fois installée dans l'avion, Audrey poussa un soupir à fendre l'âme.

— Ce sont les plus belles vacances de ma vie, Hal. J'ai bien peur de m'ennuyer chez nous après ça. Tout va me paraître terne à côté de ce qu'on a vécu. J'ai l'impression qu'on a épuisé en dix jours toutes nos réserves de surprises.

— Pas toutes, rétorqua Hal en extirpant de son sac le lunch que madame Harper avait pris soin de lui préparer. Il reste encore ceci !

Et, au grand désespoir d'Audrey, il enfourna une pleine poignée de biscuits au chocolat et commença à mastiquer consciencieusement, sans même attendre que l'avion ait quitté le sol.

Table des chapitres